ARMAGEDDON IN RETROSPECT
by Kurt Vonnegut

이 도서의 국립중앙도서관 출판예정도서목록(CIP)은
서지정보유통지원시스템 홈페이지(http://seoji.nl.go.kr)와
국가자료공동목록시스템(http://www.nl.go.kr/kolisnet)에서 이용하실 수 있습니다.
(CIP제어번호: CIP2019026134)

ARMAGEDDON IN RETROSPECT

아마겟돈을 회상하며

KURT VONNEGUT

커트 보니것 지음 이원열 옮김

문학동네

일러두기

1. 주석은 모두 옮긴이주다.
2. 본문 중 고딕체는 원서에서 이탤릭체나 대문자로 강조한 부분이다.

차례

서문

내가 가장 믿는 것은 내 글이고, 사람들은 내가 인디애나폴리스 출신 사람인 것처럼 쓸 때 내 글을 가장 믿는 듯하다. 나는 인디애나폴리스 출신이다.

우리는 크림 파이를 던지는 것이 나았을지도 모른다.
—커트 보니것, 베트남전 중 반전 운동의 실제 효과를 평가하며

내 아버지에게 글 쓰는 일은 신앙과 다름없는 행위였고, 당신이 유일하게 진정으로 믿는 일이었다. 아버지는 세상을 바로잡고 싶어했지만 당신의 글이 세상일에 큰 영향을 미치리라 믿은 적은 결코 없었다. 아버지가 본보기로 삼은 사람들은 요나, 링컨, 멜빌, 트웨인이었다.

아버지는 고쳐 쓰고 고쳐 쓰고 또 고쳐 쓰셨다. 고개를 앞뒤로 까닥거리며 방금 쓴 것을 거듭 웅얼거리고, 손짓을 해가며 높낮이와 리듬을 바꾸었다. 그러다 잠시 동작을 멈추고, 몇 자 적지도 않은 종이를 타자기에서 조심스레 빼낸 뒤, 구겨서 던져 버리고 처음부터 다시 시작했다. 다 큰 어른이 그러면서 시간을 보내다니 좀 이상해 보였지만, 나는 아는 것이 많지 않은 어린

아이였다.

아버지의 언어 감각은 대단했다. 여든을 넘기고서도 〈뉴욕 타임스〉 십자말풀이를 연필이 아닌 펜으로 빠르게 풀었고, 한 번도 도와달라고 하지 않으셨다. 라틴어를 공부한 적이 없는데도, 동사가 제일 끝에 온다고 말씀드리자 이내 그 자리에서 내 라틴어 숙제를 번역하셨다. 아버지는 장편소설, 연설, 단편은 물론이고 심지어 책 표지의 코멘트까지도 굉장히 정성들여 쓰셨다. 아버지의 농담이나 에세이가 즉흥적으로 뚝딱 만들어졌을 거라고 생각하는 사람은 글을 써본 경험이 없을 것이다.

아버지가 가장 좋아한 농담 중 하나는 손수레를 밀수하던 사람에 대한 이야기였다. 세관 직원이 여러 해 동안 매일 그의 손수레를 꼼꼼히 살폈다.

마침내 은퇴할 때가 된 세관 직원이 그에게 물었다. "우린 친구가 되었네. 난 여러 해 동안 매일같이 자네 손수레를 뒤졌고. 자네가 밀수하는 건 대체 뭔가?"

"친구, 나는 손수레를 밀수한다네."

아버지는 자기 농담에 엄청나게 웃으며, 머리가 무릎에 닿을 정도로 허리를 앞으로 잔뜩 숙인 채 올려다보곤 하셨다. 기침이라도 같이 터져나올 때면 좀 무섭기도 했다.

내가 일주일이나 걸려서 쓴 글의 원고료가 오십 달러라고 불평했을 때, 아버지는 내가 글을 쓸 수 있다고 알리는 두 페이지짜리 광고를 내려면 돈이 얼마나 들지 참작해봐야 한다고 하셨다.

글을 쓰는 사람, 글을 쓰려고 시도하는 사람이라면 아버지에겐 누구나 특별했다. 아버지는 도움을 주고 싶어하셨다. 운좋게 아버지와 통화하게 된 취객들에게 이야기나 농담, 말하자면 손수레 농담 같은 것을 어떻게 잘 먹히게 만들지, 찬찬히 공들여 설명하시는 걸 들은 적이 한두 번이 아니다.

"누구였어요?"

"나도 몰라."

글을 쓰실 때 아버지는 탐구의 여정에 나섰다. 계속 발을 움직이면 뭔가 좋은 것이 걸릴 거라는 사실, 그 좋은 걸 계속 가다듬어 자신만의 것으로 만들 수 있다는 점을 알고 계셨다. 전에도 그런 일이 있었으니까. 하지만 그런 일이 여러 번 일어났음에도 불구하고 자신감은 높지 않았다. 좋은 생각이 떠오를 때마다 이번이 마지막이 아닐까, 자신이 거둔 명백한 성공이 말라붙고 날아가버릴까 걱정하셨다.

아버지는 다리가 너무 가늘어서 테니스를 잘 못 칠까봐 걱정하셨다.

스스로에게 행복을 잘 허락하지 않았지만, 글이 잘 써질 때의 신나는 기분은 좀체 숨기지 못하셨다.

아버지의 평생에서 가장 불행했던 순간은 여러 달, 때로는 일 년 내내 글을 쓸 수 없었을 때, 즉 '벽에 부딪힌' 때였다. 벽을 넘기 위해서라면 무엇이든 하셨는데, 정신의학에 대해선 몹시 불안해하고 의심하셨다. 내가 이십대 초중반일 때, 아버지는 심리치료를 받으면 자신이 평범해지고 적응력이 좋아져 더는 글을 못 쓰게 될까 두렵다는 속내를 실수로 드러내신 적이 있다. 나는 정신과 의사들이 그 정도로 솜씨가 좋지는 않다며 아버지를 안심시키려 애썼다.

"네가 글을 명확하게 쓰지 못한다면, 아마 네가 생각하고 있는 것만큼 명확히 사고하는 게 아닐 거다." 아버지는 내게 이렇게 말씀하셨다. 아버지의 글을 읽고 엉성하다고 생각한 적이 있다면, 당신이 맞을 수도 있다. 하지만 혹시 모르니 한번 더 읽어주시라.

대공황 시기에, 인디애나에서 자란 아이가 작가, 그것도 유명한 작가가 되겠다고 결심한다. 그리고 실제로 그렇게 된다. 그럴 확률이 얼마나 될까? 아버지는 굉장히 많은 것들을 시도해보고, 무엇이 제대로 먹힐지 파악하는 예리한 감각을 키웠다.

내가 열여섯 살 때, 아버지는 케이프코드 지역 전문대학에서 영어 강사직을 구할 수 없었다. 어머니는 여러 서점을 다니며 가명으로 아버지 책을 주문해 적어도 가게에 진열은 되도록, 혹시라도 누군가에게 팔릴 수 있도록 했다고 주장하신다. 오 년 후 아버지는 『제5도살장』을 발표했고, 여러 권의 책을 내기로 하고 백만 달러짜리 계약을 하셨다. 그 변화에 적응하는 데 시간이 조금 걸렸다. 지금, 과거를 회상해보는 사람들 대부분에게, 커트가 성공한 작가, 심지어 유명한 작가가 된 것은 '당연한' 일이다. 다만 내게는 일어나지 않을 가능성이 충분히 있었던 일로 보인다.

아버지는 다른 일을 아무것도 못했기 때문에 작가가 될 수밖에 없었다고 자주 말씀하셨다. 아버지는 피고용인 노릇을 잘하지 못했다. 1950년대 중반, 잠시 〈스포츠 일러스트레이티드〉에서 일하신 적이 있다. 출근한 아버지는 울타리를 뛰어넘어 도망가려 한 경주마에 대해 짧은 기사를 쓰라는 지시를 받았다. 아버지는 오전 내내 빈 종이를 노려보다 "말이 빌어먹을 울타리를 뛰어넘었다"라고 타자를 친 뒤 걸어나와 다시 자영업자가 되었다.

나는 아버지보다 음식에 무관심한 사람을 본 적이 없다. 줄담배를 피우신 것과 분명 연관이 있을 테다. 아버지가 너무 오래 살고 있다고 불평하셨을 때, 나는 이렇게 말씀드렸다. 한 인간이 얼마나 많은 담배를 피울 수 있는지 신이 알고 싶은 모양이라고. 그리고 다음에 커트의 입에서 어떤 말이 나올지 궁금해 견디지 못하는 모양이라고도 했다. 자신은 이제 끝이다, 할말이 더는 아무것도 없다고 하실 때 내가 진지하게 받아들일 수 없었던 이유는, 당신이 사십대 중반일 때부터 끝났다고 하기 시작한데다, 팔십대 중반에도 계속 사람들을 놀라게 하며 좋은 글을 쓰셨기 때문이다.

가장 급진적이고 대담한 생각이란 열심히 일하고, 열심히 생각하고, 열심히 읽고, 쓸모 있는 존재가 되고자 노력하는 일에 어떤 의미가 있다는 생각일 게다.

아버지는 글을 쓰는 과정에서—자기 자신과 독자들에게—일어나는 마법을 믿는 작가였다. 독자들의 시간과 관심은 성스러운 것이었다. 그리고 내용이 이야기의 전부가 아님을 깨닫고 있었기에 본능적 수준에서 사람들과 소통할 수 있었다. 아버지는 중독에 이르게 하는 초기 약물 혹은 구둣주걱 같은 존재였고, 지금도 그렇다. 일단 보니것이라는 문턱을 넘고 나면 다른 작가들을 읽을 수 있게 된다.

"고등학교 졸업하고도 내 책을 읽는 사람들이 아직 있니?"

아버지는 이야기를 어떻게 풀어내는지 가르치셨고, 독자들에게 어떻게 읽으면 되는지를 가르치셨다. 아버지의 글은 앞으로도 오랫동안 그런 역할을 할 것이다. 아버지는 예나 지금이나 체제 전복적이지만, 사람들이 생각하는 그런 식은 아니었다. 내가 아는 사람들 중 가장 과격하지 않은 분이었다. 마약을 하지 않았다. 빠른 차도 몰지 않았다.

아버지는 항상 정의의 편에 서려고 노력했다. 이라크전이 터지기 직전까지도 전쟁은 일어나지 않을 거라고 생각했다. 이라크전은 아버지를 비통하게 만들었다. 이라크에 무슨 대단한 관심이 있어서가 아니라, 미국을 사랑했고, 링컨과 트웨인의 나라와 그 국민들이 옳은 길을 찾을 거라고 믿었기 때문이다. 아버지는 이민자였던 당신의 조상들처럼, 미국이 미래를 이끄는 불빛이 되고 낙원이 될 수 있다고 믿었다.

아버지는 우리가 머나먼 곳에서 폭탄을 터뜨리고 사람들을 죽이며, 전 세계가 우리를 두려워하고 증오하게 만드느라 허비하는 돈을 공교육과 도서관을 개선하는 데 쓰는 게 나았으리라는 생각을 하지 않을 수 없었다. 아버지가 옳았다는 걸 역사가 증명할 것이다. 그 반대의 경우는 상상하기 어렵다. 이미 증명되지 않았다면 말이지만.

글을 읽고 쓴다는 것 자체가 체제 전복적 행동이다. 읽고 씀으로써 전복할 수 있는 것은 '생각'이다. 세상이 지금 이대로여야 한다는, 당신이 혼자라는, 당신과 같은 것을 느껴본 사람이 아무도 없다는 그런 생각 말이다. 커트 보니것의 작품을 읽으면 세상의 많은 것들을 생각보다 쉽게 가질 수 있음을 깨닫게 된다. 고작 책 한 권 읽었을 뿐인데 세상이 조금 다른 곳이 된다. 그런 일을 상상해보라.

아버지에게 우울증이 있었다는 것은 다들 아는 사실이지만, 많은 사실들이 그렇듯, 의심할 이유는 충분하다. 아버지는 행복하고 싶어하지 않았고 우울한 이야기를 많이 하셨지만, 솔직히 나는 아버지가 우울증에 시달린 적이 없다고 생각한다.

아버지는 내향적인 사람이 되고 싶어하는 외향적인 사람 같았고, 외톨이가 되고 싶어하는 굉장히 사교적인 사람, 운이 없었기를 바라는 운좋은 사람 같았다. 사람들이 조심하기를 바라며 비관적인 척하는 낙관주의자였다. 이라크전이 터지고 인생 말년이 되어서야 아버지는 진정으로 우울해지셨다.

약을 과다 복용해 정신병원에 입원했던 기이하고 초현실적인 사건이 있긴 했지만, 아버지가 정말 위험한 상태라는 느낌은 받지 못했다. 하루 만에 아버지는 휴게실을 돌아다니고 탁구를 치며 새 친구를 만드셨다. 정신병에 걸린 사람 흉내는 잘 내지 못하는 것 같았다.

그 정신병원 의사가 내게 말했다. "아버님이 우울증을 앓고 계세요. 항우울제를 처방하려고 합니다."

"그러세요. 하지만 제가 봐온 우울 증상이 아버지에게선 전혀 보이지 않는데요. 기력이 쇠하지도 않으셨고, 슬퍼 보이지도 않고 이해도 빠르세요."

"자살을 시도하셨잖아요."

"음, 그렇게 볼 수도 있겠죠." 아버지가 드셨던 모든 약을 통틀어 유독할 정도의 양을 복용한 적은 없었다. 간신히 긴장이 풀릴 만큼의 타이레놀 정도였다.

"항우울제 처방을 하면 안 된다고 생각하세요? 뭔가 손을 써야 할 것 아닙니까."

"전 그저 아버지가 우울증이 아닌 듯하다는 말씀은 드려야 할 것 같아서요. 어떤 상태인지 단정짓기 어려운 분이거든요. 괜찮으시다는 말은 아닙니다."

내 팬과 아버지 팬의 차이점은, 내 팬들은 자신에게 정신병이 있음을 알고 있다는 것이다.

아버지는 공 받기보다 던지기를 더 잘하셨다. 가족 중 누군가에 대해 도발적으로, 늘 친절하지만은 않게 얘기하거나 글을 쓰는 게 일상적이었다. 우리는 적응해나갔다. 그저 아버지가 늘 하는 일이었으니까. 그러나 내가 어느 글에서 아버지가 비관론자로 이름을 날리고 싶어하고 어쩌면 자식을 잃은 트웨인이나 링컨을 부러워했을지도 모른다고 쓰자 아버지는 분통을 터뜨리셨다.

"전 그저 독자들을 끌어들이려고 한 거예요. 그걸 조금이라도 진지하게 받아들이는 사람은 아버지 말고 아무도 없을걸요."

"난 농담이 어떻게 먹혀드는지 안다."

"저도 알아요."

딸깍, 딸깍. 우리는 전화를 끊었다.

"만약 내가 죽는다면, 물론 그런 일이 없기를 바라지만."

몇 년마다 아버지는 당신이 돌아가실 경우에 어떻게 할지 알리는 편지를 보내오셨다. 마지막 경우를 제외하고, 매번 편지를 보낸 뒤에는 내게 전화를 걸어 유서가 아니라고 안심시키셨다. 내게 마지막 '만약 내가 죽는다면' 편지를 보내기 전날에는 커트 보니것의 해를 시작할 인디애나주를 위한 연설문을 완성하셨다. 이 주 후 아버지는 넘어져 머리를 부딪히셨고, 소중한 뇌는 돌이킬 수 없이 스크램블드에그처럼 되어버렸다.

나는 그 마지막 연설문을 다른 글들보다 훨씬 더 꼼꼼히 읽어보게 되었다. 내게 그 연설을 대신 해달라는 요청이 들어왔기 때문이다. 나는 "아버지는 어떻게 이따위로 연설을 하고 다녔지?" 하는 생각을 하지 않을 수 없었다. 그걸 가능하게 한 것은 청중이었다. 내 아버지와 깊은 사랑에 빠져 어디든 따라갈 객석과 세상을 향해 아버지의 글을 읽고 있음을 나는 곧 깨닫게 되었다.

"(나는) 이성애자 로마가톨릭 성직자의 오십 퍼센트와 마찬가지로 순결을 지킵니다"는 아무 의미 없는 문장이다. "얼간이란 엉덩이에 의치를 끼우고 택시 뒷좌석 시트의 단추를 물어뜯는 사람이다." "게걸스러운 인간이란 여자아이들의 자전거 안장을 킁킁대는 사람이다." 아, 아버지, 사랑하는 나의 아버지, 대체 어디로 가시는 건가요? 그러고서 아버지는 갑자기 핵심을 찌르는, 충격적이고 진실된 이야기를 한다. 사람들이 그걸 믿게 되는 이유 중 일부는 그가 방금 전까지 순결과 얼간이와 게걸스러운 인간 이야기를 했기 때문이다.

"나는 절대 의사는 되지 않을 것이다. 그건 아마 세계 최악의 직업일 테다."

우리가 마지막으로 나눈 대화 중에 이런 것이 있었다.

"네가 몇 살이지, 미크?"

"쉰아홉이에요, 아빠."

"늙었네."

"네, 아빠."

나는 아버지를 진심으로 사랑했다.

이 책의 글들은, 언제 쓰였는지 대부분 표시되어 있지 않고 출판된 적은 한 번도 없는 것들이며, 그 자체로 아주 훌륭하다. 내가 무언가 덧붙일 필요가 없는 글들이다. 당신이 보기에 흥미롭지 않은 내용이 있다 해도, 구조와 리듬과 단어의 선택에 주목해주시길. 커트 보니것에게서 읽고 쓰기에 대해 배울 수 없다면, 당신은 다른 일을 해야 할지도 모른다.

아버지가 마지막으로 쓰신 연설문의 마지막 문장은 아버지의 작별인사로서 그 어떤 말 못지않게 훌륭하다.

주목해주셔서 감사합니다. 전 이제 여길 뜨겠습니다.

마크 보니것

2007년 9월 1일

K. 보니것 주니어 일병의 편지

보내는 사람:

K. 보니것 주니어, 일병.

12102964 U.S. 육군.

받는 사람:

커트 보니것,

윌리엄스 크리크,

인디애나폴리스, 인디애나주.

사랑하는 여러분께:

여기 사람들이, 제가 '전투중 행방불명자'가 되었다는 것 말고는 여러분께선 아마 아무 소식도 듣지 못하셨을 거라고 하네요. 제가 독일에서 여러분께 보냈던 편지들을 한 통도 못 받았을 가능성도 있다고요. 그러면 설명할 것이 많아요. 요약하자면:

히틀러 최후의 필사적인 진격이 룩셈부르크와 벨기에를 덮친 1944년 12월 19일에 우리 사단은 뿔뿔이 흩어졌고, 저는 그때 전쟁포로가 되었습니다. 독일 제7기갑사단이 공격해오는 바람에, 우리는 호지스 사령관이 이끄는 제1군단의 다른 사단들과 떨어져 고립되었습니다. 우리 옆에 있던 다른 사단들은 간신히 빠져나갈 수 있었고, 우리는 그대로 남아서 싸워야 했어요. 탱크를 상대로 총검은 별 소용이 없답니다. 탄약, 식량, 의약품이 떨어졌고 싸울 수 있는 사람보다 사상자 수가 더 많아져서, 우리는 포기했습니다. 106사단은 그 대가로 대통령 표창을 받고, 몽고메리 원수로부터 무슨 영국 훈장을 받았다고 들었지만, 그런 것을 위해 감수할 만한 일은 절대 아니었습니다. 저는 다치지 않은 몇 명 중 하나였어요. 그것만큼은 신께 감사드립니다.

그래서, 그 초인들은 우리에게 음식도 물도 주지 않고, 잠도 재우지 않고서 림베르크라는 곳으로 행군을 시켰습니다. 거리는 95킬로미터 정도 되는 것 같았습니다. 거기서 환기도 난방도 되지 않는 작은 기차 화물칸 하나에 우리를 육십 명씩 집어넣고 가두었어요. 위생 시설은 없었고, 화물칸 바닥은 막 배설된 소똥으로 덮여 있었어요. 모두 한꺼번에 누울 공간이 없어서, 사람들 절반이 자는 동안 나머지 절반은 서 있었죠. 그 림베르크 선로 위에서 크리스마스를 포함해 며칠을 보냈습니다. 크리스마스이브에 영국 공군이 아무 표시가 없는 우리 기차를 폭파시키고 총격을 가했어요. 그들 때문에 우리 중 백오십 명 정도가 죽었습니다. 우린 크리스마스에 물을 조금 받았고, 독일을 가로질러 베를린 남쪽 뮐부르크에 있는 큰 포로수용소를 향해 천천히 움직였어요. 우린 새해 첫날에 화물칸에서 풀려나왔어요. 독일인들은 몸이 델 정도로 뜨거운 이 잡는 약이 샤워기처럼 쏟아지는 아래로 우리를 지나가게 했어요. 열흘간 굶주림과 갈증과 추위에 시달린 뒤라 이 샤워 후 쇼크사한 사람들이 많았습니다. 하지만 저는 죽지 않았어요.

제네바조약에 따라, 포로로 잡혀 있을 때 장교와 하사관은 일을 하지 않아도 돼요. 저는 아시다시피 일병이죠. 저와 같은 미미한 존재 백오십 명이 1월 10일에 드레스덴 포로수용소로 실려갔습니다. 독일어를 조금 할 줄 안다는 이유로 제가 그중 대표로 뽑혔어요. 재수없게도 경비병들은 가학적이고 광신적인 사람들이었죠. 우리는 치료는 물론 옷도 받지 못했고, 오랫동안 극심한 중노동을 해야 했어요. 배급받는 음식은 하루에 흑빵 250그램, 간이 되지 않은 감자 수프 반 리터 정도였어요. 우리의 상황을 개선해보려고 두 달 동안 필사적으로 노력했지만 돌아오는 답은 건조한 미소뿐이었어요. 그래서 저는 경비병들에게 말해줬죠. 러시아군이 오면 제가 경비병들에게 어떻게 해줄 건지 말이에요. 경비병들은 저를 조금 때렸어요. 저는 대표 자리에서도 잘렸고요. 맞은 건 별것 아닙니다. 굶어죽은 남자애도 하나 있었고, 음식을 훔친 죄로 SS 친위대가 쏴 죽인 사람도 두 명 있었으니까요.

2월 14일경에 미군이 나타났고 뒤이어 영국 공군도 찾아왔죠. 그들은 이십사 시간 동안 이십오만 명을 죽였고, 아마 세상에서 가장 아름다운 도시일 드레스덴을 통째로 파괴했습니다. 하지만 저는 죽지 않았어요.

그후 우리는 방공호에서 시신을 운반해오는 일에 투입되었어요. 뇌진탕, 화상, 질식으로 죽은 여자와 어린아이와 노인 들의 시신이었어요. 주민들은 시내의 거대한 화장터로 시신을 나르는 우리에게 욕을 하고 돌을 던졌습니다.

패튼 장군*이 라이프치히를 함락시키자 우리는 도보로 작센주와 체코슬로바키아의 국경에 있는 헬렉시스도르프로 이동하게 되었어요. 전쟁이 끝날 때까지 거기 있었습니다. 경비병들은 우리를 버려두고 도망갔어요. 그 행복했던 날, 러시아군은 우리 지역의 고립된 레지스탕스들을 전부 소탕하는 데 몰두했어요. 러시아군 전투기들(P-39)이 폭격해서 우리 중 열넷이 죽었습니다. 하지만 저는 죽지 않았어요.

우리 여덟 명은 동물 몇 마리와 마차 한 대를 훔쳤어요. 여드레 동안 수데테란트와 작센주를 가로지르며 약탈하고 왕처럼 살았죠. 러시아인은 미국인이라면 사족을 못 쓰죠. 드레스덴에서 우리는 러시아군 손에 넘어갔습니다. 거기서 임대한 포드 트럭을 타고 할레의 미군 전선으로 갔어요. 그뒤에 비행기를 타고 르아브르로 왔습니다.

지금 이 편지를 쓰고 있는 곳은 르아브르 전쟁포로귀환자 수용소의 적십자 클럽입니다. 음식이 끝내주고 심심할 틈도 없어요. 물론 송환선이 꽉꽉 들어차 있어서, 저는 참을성 있게 기다려야 할 것 같아요. 한 달 안에 집으로 돌아가길 바라고 있습니다. 일단 돌아가고 나면 애터버리에서 이십일 일간 회복기를 가질 거고, 체불 임

* 2차대전에서 큰 활약을 했던 조지 S. 패튼 미국 육군 장군(1885~1945).

금을 육백 달러 정도 받을 거고—이걸 잘 들어보세요—육십 일 휴가를 받을 거예요!

할말이 너무 많지만 나머지는 돌아가서 해야 할 겁니다. 여기서는 편지를 못 받으니 답장은 하지 마세요.

1945년 5월 29일

사랑을 담아,

커트—주니어

인디애나폴리스 클로우스 홀 연설문

감사합니다.

저는 지금 바트 피터슨 시장님 덕분에 여러분 앞에 롤 모델로 서 있습니다. 오늘 이 행사를 마련해주신 시장님에게 신의 축복이 있길 바랍니다.

이런 게 근사한 일이 아니라면, 무엇이 근사한 건지 모르겠네요.*

이걸 한번 생각해보세요. 고작 삼 년이라는 시간 동안, 2차대전중에요, 저는 이병에서 상병까지 올라갔습니다. 한때 나폴레

---

* 연설문 모음집 『그래, 이 맛에 사는 거지(*If This Isn't Nice, What Is?*)』의 제목을 변용한 문장.

옹과 아돌프 히틀러도 맡았던 계급이죠.

사실 저는 커트 보니것 '주니어'입니다. 이제 저처럼 중년이 된 자녀들이 제 험담을 할 때면 지금도 "주니어가 어쩌고 주니어가 저쩌고" 하는 이유가 그것 때문이죠.

사우스머리디언과 워싱턴스트리트 사거리에 있는 예전 에어스 백화점 외벽의 시계를 보실 때마다 저희 아버지 커트 보니것 시니어를 생각해주시기 바랍니다. 저희 아버지가 디자인한 시계입니다. 사실, 아버지와 저희 할아버지인 버나드 보니것이 그 건물 전체를 디자인했습니다. 그리고 아버지는 오처드 스쿨과 어린이 박물관을 세운 분이기도 합니다.

아버지의 아버지, 즉 제 할아버지인 버나드 보니것은 건축가로서 많은 건물을 디자인했습니다. 그중 하나가 애서니엄*입니다. 1차대전 전에는 '다스 도이체 하우스'**라고 부르던 곳이죠. 그리스계 미국인들에게 알랑거리기 위해서가 아니었다면 대체 왜 이름을 '애서니엄'으로 바꾼 건지 상상조차 되지 않습니다.

* '문예진흥기관'. 아테나 신전인 '아테나이온'에서 따온 말.

** '독일의 집'.

제가 펠멜 담배 회사를 고소할 예정이라는 건 모두들 아실 겁니다. 그들이 파는 제품이 저를 죽이지 못했고, 전 이제 여든넷이거든요. 잘 들어요. 전 우리가 이긴 마지막 전쟁인 2차대전 이후에 시카고대학교에서 인류학을 공부했어요. 수천 년 된 인간의 두개골을 연구해온 형질인류학자들은 우리의 수명이 원래 서른다섯 살 정도에 불과했다고 말합니다. 우리 치아가 현대 치의학 없이 버틸 수 있는 기간이 그 정도밖에 안 되기 때문이랍니다.

그 옛날이 좋지 않았을까요. 삼십오 년 버티고 나면 여길 뜰 수 있어요. 지적 설계라는 게 그런 거죠! 이제 치과에 다닐 수 있고 건강보험료를 낼 수 있는 베이비붐 세대들, 그 가엾은 녀석들은 백 살까지 살 겁니다!

어쩌면 치의학을 불법화해야 할지도 모릅니다. 그리고 의사들은 폐렴 치료를 그만둬야 할지도 모르고요. 예전엔 폐렴을 '노인들의 친구'라고 불렀죠.

제가 오늘밤 여러분을 우울하게 만들고 싶은 건 결코 아닙니다. 그래서 오늘 우리 모두가 함께할 수 있는, 틀림없이 긍정적인 것을 하나 생각해서 왔어요. 이 나라는 너무나 비극적으로, 너무나 흉폭하게 나뉘어 있지만, 오늘 우리는 공화당원이든 민주당원이든, 부자든 가난하든, 이성애자든 동성애자든, 미국인 모두가 동의할 수 있는 성명을 하나 발표할 수 있을 것 같아요.

제가 생각해낸 최초의 범미국적 정서는 이겁니다. "설탕은 달다."

미합중국이 비극적으로 흉폭하게 나뉘어 있다는 것은 물론 전혀 새로운 이야기가 아닙니다. 특히 제 고향인 여기 인디애나주에서는 더욱 그렇죠. 제가 여기서 자랄 때, 주 경계 안에는 쿠클럭스 클랜*의 전국 본부가 있었고, 메이슨·딕슨선** 북쪽에서 일어난, 아프리카계 미국인에 대한 마지막 린치 사건 현장이 있었습니다. 매리언에서였던 것 같군요.

그리고 이곳에는 노동운동가 유진 데브스가 태어나 살았던 지역인 테러호트가 있었죠. 테러호트는 아직도 있습니다. 지금은 최신식 주사 사형 시설을 갖추었다고 뽐내는 곳입니다. 데브

* 미국의 백인 우월주의 비밀결사단체 KKK단.

** 메릴랜드주와 펜실베이니아주의 경계선이자, 정치·사회적으로 남북을 가르는 상징적인 분계선.

스는 1855년에 태어나 1926년에 죽었고, 철도 건설에 반대해 전국적 파업 운동을 이끌었습니다. 미국의 1차대전 참전에 반대하다 잠시 투옥되기도 했지요.

데브스는 사회당 후보로 몇 번이나 대선에 출마했습니다. 이런 말을 했죠. "하층계급이란 것이 존재하는 한 저는 하층계급입니다. 범죄인자라는 것이 존재하는 한 저는 범죄형입니다. 감옥에 갇힌 사람이 한 명이라도 있는 한 저는 자유롭지 않습니다."

데브스의 표현은 예수그리스도의 말을 상당 부분 베낀 것입니다만, 독창적인 말을 하기란 정말 어려운 법입니다. 그건 제가 아주 잘 알죠!

자, 모든 미국인들이 동의할 수 있는 성명이 뭐라고요? 당연히 "설탕은 달다"입니다. 하지만 지금 우리가 대학교 내 건물에 모여 있는 만큼, 좀더 교양 있는 말을 떠올릴 수 있을 겁니다. 제가 하나 제안해보죠. "프랑스 파리의 루브르박물관에 걸려 있는 레오나르도 다빈치의 작품 〈모나리자〉는 완벽한 그림이다."

어때요? 손을 들어주세요. 우리 모두 동의할 수 없을까요?

좋습니다, 손을 내리십시오. 〈모나리자〉가 완벽한 그림이라는 데 만장일치로 동의하신 것 같군요. 지금 여기서 유일한 문제는, 우리가 믿는 거의 모든 것에 있는 문제와 같습니다. 사실이 아니라는 점이죠.

들어보세요. 모나리자의 코는 오른쪽으로 치우쳐 있어요, 그렇죠? 그건 얼굴의 오른쪽 면이 치우쳐 있어서 우리 시선에서 멀어진다는 뜻이에요. 그렇죠? 그렇다면 얼굴이 3차원으로 보이도록, 이목구비 오른쪽이 왼쪽보다 조금 압축되어야 했어요. 다빈치한테는 일도 아니었겠죠. 그냥 너무 게을러서 안 한 거예요. 그 사람이 만약 레오나르도 다인디애나폴리스였다면, 저는 그를 부끄럽게 생각했을 겁니다.

모나리자의 미소가 그렇게 삐딱한 것도 무리가 아니죠.

아마 지금쯤 제게 이렇게 묻고 싶은 분도 계시겠죠. "단 한 번이라도 진지해질 수는 없나요?" 제 대답은 이래요. "그럴 수 없습니다."

제가 1922년 11월 11일에 감리교 병원에서 태어났을 당시, 이 도시는 오늘날의 프로 농구팀과 미식축구팀만큼이나 인종

분리가 철저했고, 산부인과 의사는 제 호흡이 시작되도록 제 조그만 궁둥이를 때렸습니다. 하지만 제가 울었을까요? 아니죠.

전 이렇게 말했습니다. "의사 선생님, 산도를 타고 내려오는데 재미있는 일이 있었어요. 거지 하나가 다가와서 사흘 동안 한 입bite도 못 먹었다고 하더군요. 그래서 제가 깨물어줬죠bit!"

하지만 진심으로, 제 동료 후저* 여러분, 오늘밤에는 좋은 소식과 나쁜 소식이 있습니다. 지금은 최고의 시대이자 최악의 시대입니다. 그런데 이건 다 아는 얘기잖아요?

나쁜 소식은 화성인들이 맨해튼에 착륙해 월도프애스토리아호텔에 체크인했다는 겁니다. 좋은 소식은 그들이 피부색과 상관없이 오직 노숙인들만 잡아먹고, 가솔린 오줌을 싼다는 거고요.

제가 종교적일까요? 저는 체계적이지 않은 종교를 따릅니다. 저는 불경한 무질서의 일원입니다. 우리는 스스로를 '끝없는 실망의 성모교도'라고 부릅니다. 우리는 이성애자 로마가톨릭 성직자의 오십 퍼센트와 마찬가지로 순결을 지킵니다.

사실은—제가 오른손을 이렇게 드는 건 농담이 아니라는 뜻

* Hoosier, 인디애나 촌놈.

입니다. 지금 하려는 말이 진실임을 명예를 걸고 맹세한다는 뜻이죠. 그러니까, 사실 저는 미국휴머니스트협회의 명예회장입니다. 위대한 SF 작가 아이작 아시모프로부터 물려받은, 완전히 이름뿐인 지위입니다.* 우리 휴머니스트들은 사후에 어떤 보상이나 처벌을 받으리라 생각하지 않으며, 가능한 한 올바르게 행동합니다. 우리는 현실적인 친밀감을 느낄 수 있는 유일한 추상성에 최선을 다해 봉사합니다. 그것은 바로 우리의 사회입니다.

우리는 죽음을 두려워하지 않고, 여러분 역시 두려워할 필요가 없습니다. 소크라테스가 죽음에 대해 뭐라고 말했는지 아세요? "죽음이란 그저 또 한번의 밤에 불과하다." 물론 그리스어로 말했죠.

휴머니스트로서 저는 과학을 사랑합니다. 미신을 싫어합니다. 미신으로는 원자폭탄을 만들 수 없었을 테니까요.

제가 과학을 사랑하는 이유는 과학이 우리에게 이 행성을 때려 부술 수단을 주었기 때문만은, 그리고 제가 이 세상을 좋아

* 아이작 아시모프는 1984년에, 커트 보니것은 1992년에 협회로부터 '올해의 휴머니스트'로 뽑혔다.

하지 않기 때문만은 아닙니다. 과학은 우리의 가장 큰 의문 두 가지에 대한 답을 찾아주었죠. 이 우주가 어떻게 시작되었으며, 우리와 모든 동물들이 어떻게 눈과 뇌와 신장 등등이 달린 이런 멋진 몸을 갖게 되었을까? 하는 의문 말입니다.

좋아요. 과학은 허블 망원경을 우주로 보내 태초부터 있어온 빛, 그리고 빛이 없는 곳을 담도록 했습니다. 망원경이 정말 그런 일을 해냈어요. 그래서 이제 우리는 한때 아무것도 없었다는 것, 너무나 완벽한 무無라서 '한때'고 '아무것'이고 없었다는 사실을 알고 있습니다. 그걸 상상할 수 있나요? 상상할 수 없습니다. 상상할 것조차 없기 때문이죠.

하지만 그때 일어난 것이 이 빅뱅! 이 모든 쓸데없는 것들이 다 거기서 온 거예요.

우리는 어떻게 해서 이렇게 멋진 폐와 눈썹, 치아와 발톱, 똥구멍 등등을 갖게 되었을까요? 수백만 년에 걸친 자연선택을 통해서입니다. 어떤 동물은 죽고 또 어떤 동물은 교미를 한다는 뜻이죠. 적자생존 말이에요!

하지만 들어보세요. 만약 당신이 사고로든 고의로든 누군가를 죽여서 우리 종을 발전시키시겠다면, 부탁이니 그후에 누군가와 교미를 하지는 말아주세요. 혹시 어머니에게 못 들으셨을까봐 말씀드리는데, 그러면 아기가 생기거든요.

그리고 제 동료 후저 여러분, 제가 여러분처럼 촌놈이라는 걸 부인한 적은 한 번도 없습니다만, 제 말 좀 들어보세요. 지금이야말로 세상의 종말, 만물의 끝입니다. 사도 요한과 사도 보니것이 예언한 바로 그 종말입니다.

제가 말하고 있는 이 순간에도, 우리 때문에 생긴 기후변화로 최후의 북극곰이 굶어죽어가고 있을지 모릅니다. 저는 북극곰이 정말 그리울 겁니다. 아기 북극곰들은 아주 따뜻하고 안아주고 싶을 정도로 사랑스럽고 남을 의심할 줄 모르거든요. 우리 아기들과 똑같습니다.

이 노인네가 이렇게도 끔찍한 시대를 살아가는 젊은이들에게 해줄 조언이 있을까요? 글쎄요, 이른바 선진국이라는 나라 가운데 여전히 사형제도가 존재하는 곳은 이 나라뿐이라는 사실을 다들 알고 계시리라 믿습니다. 그리고 고문실도요. 에둘러 말할 필요 없잖습니까?

하지만 들어보십시오. 만약 여기 계신 분 중에서 이송용 침대에 묶여 주사 사형실, 아마도 테러호트의 사형실에 가게 되는

분이 나온다면, 그분의 유언은 이럴 겁니다. "이 일은 분명 내게 교훈이 되어주겠지."

만약 예수가 오늘날 살아 있다면 우리는 주사를 놓아 그를 사형시켰을 겁니다. 전 그런 걸 발전이라고 부릅니다. 우리는 예수가 처음에 죽임을 당했던 것과 같은 이유로 예수를 죽여야 할 겁니다. 그의 사상은 너무 진보적이거든요.

막 시작하는 작가들을 위한 충고요? 세미콜론을 쓰지 마세요! 세미콜론은 복장도착자 자웅동체 같은 것이고 아무 의미도 없습니다. 세미콜론이 할 수 있는 것은 글쓴이가 대학을 나왔을 거라는 암시 정도가 고작입니다.

처음엔 〈모나리자〉를, 지금은 세미콜론을 얘기했지요. 카를 마르크스에 대해 좋은 말을 해서 제가 세계 최고의 또라이라는 소문이 사실임을 밝혀볼까 합니다. 보통 이 나라에서는 마르크스가 역사상 가장 사악한 사람 중 하나라고 믿고 있고, 인디언이라고는 없는 이곳 인디애나폴리스에서는 더욱 그렇습니다.

그가 공산주의를 발명한 것은 사실입니다. 우리는 오랫동안 공산주의를 미워하라고 교육받았습니다. 우리가 자본주의를 너무나 사랑하기 때문이죠. 그리고 우린 자본주의를 월스트리트의 카지노라고 부릅니다.

부족과 대가족은 산업혁명에 의해 흩어지기 전에 사람들, 특히 어린아이와 노인과 장애인을 잘 돌보았습니다. 마르크스는 산업화된 국가들이 그 역할을 대신하도록 공산주의가 그러한 경제제도가 될 수 있기를 바랐지요.

저는 우리가 공산주의에 대해 잔뜩 험담을 늘어놓는 일을 그만두는 게 현명할지도 모르겠다고 생각합니다. 공산주의가 좋다고 생각해서가 아니라, 우리 손주들과 증손주들이 공산주의자 중국인들에게 어마어마한 빚을 지고 있기 때문입니다.

그리고 공산주의 중국에는 놀라운 무기를 갖춘 대군이 있고, 우리에겐 없습니다. 우린 너무 천박해요. 누구에게든 핵무기를 쓰고 싶어할 뿐이죠.

그러나 여전히 많은 사람들이 마르크스가 저지른 가장 사악한 짓으로 종교에 대한 그의 언급을 꼽을 겁니다. 그는 종교가 하층계급의 아편이라고 했죠. 종교가 사람들에게 좋지 않고, 그래서 그는 종교를 제거하고 싶어한다는 듯이 말이죠.

하지만 그가 그 말을 했던 1840년대에 '아편'이라는 말은 그저 비유적으로 쓰인 것이 아니었습니다. 그 당시에는 치통이든 인후암이든 어떤 병에 걸리든, 정말 아편만이 유일한 진통제였어요. 마르크스 자신도 사용한 적이 있고요.

탄압받는 사람들의 진실된 친구로서, 그는 사람들의 고통을 조금이나마 줄여줄 수 있는 무언가가 있어서 다행이라고 생각했고, 그것이 종교였습니다. 그는 그런 역할을 해준다는 점에서 종교를 좋아했고, 결코 폐지하기를 원한 게 아니었어요. 아시겠어요?

마르크스는 오늘밤 제가 하는 이런 말을 했을 수도 있어요. "종교는 많은 불행한 사람들의 타이레놀이 될 수 있고, 약효가 있어서 무척 기쁘다."

중국의 공산주의자들 얘깁니다. 그들이 공산주의자일지는 몰라도, 분명 우리보다 비즈니스 수완이 훨씬 뛰어나고, 어쩌면 훨씬 똑똑할지 모릅니다. 이 나라 학교에서 중국인들의 성적이 훨씬 좋은 걸 보시란 말입니다. 현실을 직시합시다! 제 아들 마크는 소아과 의사인데, 얼마 전 하버드 의대 입학심사위원회에 있었습니다. 만약 위원회가 공정하게 심사했다면, 신입생 중 절반은 아시아계 여학생이 되었을 거라고 하더군요.

하지만 마르크스로 돌아가자면, 그가 종교에 대해 그토록 사악한 말을 했다고 하는 1840년대에, 이 나라의 지도자들은 예

수, 혹은 인도적이고 전능하신 하느님께 얼마나 복종했던가요? 그들은 인간 노예 소유를 전적으로 합법화했고, 그뒤로도, 맙소사, 팔십 년 동안이나 여성들의 투표와 공직 진출을 금지했습니다.

얼마 전, 열여섯 살 때부터 수감생활을 해온 남자에게서 편지를 받았습니다. 이제 마흔두 살이고, 곧 석방될 예정이라더군요. 자신이 무엇을 하면 좋을지 묻기에 마르크스가 했을 법한 대답을 해주었습니다. "교회에 다니세요"라고.

제가 지금 오른손을 들고 있다는 걸 봐주세요. 농담하는 게 아니라는, 지금부터 제 말은 무엇이든 진실이라는 뜻입니다. 말씀드리죠. 제가 평생 목격한 사건들 중 정신적으로 가장 인상 깊었던 미국의 사건은, 제가 엄청난 역할을 했던, 나치를 물리친 일도 아니었고, 로널드 레이건이 적어도 러시아에서 무신론적 공산주의를 전복시킨 일도 아니었습니다.

제가 평생 목격한 사건들 중 정신적으로 가장 인상 깊었던 미국의 사건은, 아프리카계 미국인들이 단지 그들의 피부색을 이유로 정부 안팎의 백인 미국인들로부터 경멸당하고 혐오받아 마땅한 존재로, 심지어 병에 걸린 존재로 취급받아오고 있음에도, 그들의 존엄과 자존심을 지켜왔다는 것입니다.

물론 아프리카계 미국인들의 교회가 그들에게 도움을 주었습니다. 그래서 다시 마르크스가 나옵니다. 다시 예수가 나오죠.

그리고 미국이 세상에 준 선물 가운데 다른 나라들로부터 가장 환영받은 것은 무엇일까요? 아프리카계 미국인들의 재즈와 거기서 파생된 음악들입니다. 저는 재즈를 어떻게 정의하느냐고요? '최상급의 안전한 섹스'입니다.

제가 아는 한, 제 생전의 가장 위대한 미국인 두 사람은 프랭클린 델러노 루스벨트와 마틴 루터 킹 주니어였습니다.

자신이 소아마비를 겪지 않았다면, 하층계급에 공감하지 못하고 그저 돈 많고 거만한 흔해빠진 지배계급 아이비리그 개자식 중 하나가 되었을지 모른다는 루스벨트의 말을 들은 적이 있습니다. 병 때문에 갑자기 다리가 말을 듣지 않게 되었다고 하더군요.

지구온난화에 대해 우리가 할 수 있는 일이 무엇일까요? 아마 전등을 끌 수도 있겠지만 그러지는 말아주세요. 저는 대기를 고칠 수 있는 방법이 하나도 떠오르지 않아요. 이미 너무 늦었습니다. 하지만 제가 바로잡을 수 있는 일이 하나 있습니다. 바로 오늘밤, 여기 인디애나폴리스에서 바로잡을 수 있어요. 그것은 제가 태어난 이후 여러분이 이곳에 지으신 또다른 좋은 대학교의 이름입니다. 좋은 학교지만, 이름을 'I.U.P.U.I.*'라고 붙이셨죠. 'I.U.P.U.I.'? 정신 나가셨어요?

"안녕, 난 하버드 다녔어. 넌 어디 다녔니?"

"난 I.U.P.U.I. 다녔어."

2007년 한 해 동안 피터슨 시장님이 제게 부여해주신 무제한의 권력으로, 저는 I.U.P.U.I.를 '타킹턴 대학'으로 바꾸기로 합니다.

"안녕, 난 하버드 다녔어. 넌 어디 다녔니?"

"난 타킹턴 다녔어." 품격 있지 않아요?

이제 제대로 됐습니다.

시간이 흐르면, 타킹턴이 누구였는지 아무도 모르게 될 테고, 아무도 궁금해하지 않을 겁니다. 버틀러가 누구였는지 요즘 쥐뿔만큼이라도 신경쓰는 사람이 있느냐는 말입니다. 여기는 클

---

* Indiana University-Purdue University Indianapolis.

로우스 홀인데, 전 실제로 클로우스가家 사람들을 몇 명 알고 지냈습니다. 좋은 사람들이지요.

하지만 말씀드리는데, 이 도시 출신인 부스 타킹턴이 보여준 삶과 작품의 모범이 없었다면 저는 오늘밤 이 자리에 서 있지 못했을 겁니다. 1869년부터 1946년까지 살았던 타킹턴은 희곡, 장편소설, 단편소설을 써서 아름다운 성공을 거두고 존경을 받았습니다. 그의 삶과 제 삶은 이십사 년간 겹쳤습니다. 문학계에서 그가 얻은 '인디애나 출신의 신사'라는 별명을 저도 얻을 수 있다면 저는 무엇이라도 내놓을 겁니다.

어렸을 때 저는 타킹턴처럼 되고 싶었습니다.

우리는 만난 적이 없습니다. 전 무슨 말을 해야 할지 몰랐을 거예요. 아마 영웅을 숭배하느라 정신이 나갔을 겁니다.

네, 그리고 피터슨 시장님이 올 한 해 전체에 걸쳐 제게 부여해주신 무제한의 권력으로, 저는 여기 계신 분들 중 누군가에게 요구합니다. 타킹턴의 희곡 〈앨리스 애덤스〉를 인디애나폴리스의 무대에 올려주세요.

달콤한 우연의 일치로, 지금은 고인이 된 제 누나의 결혼 후 이름 역시 '앨리스 애덤스'였습니다. 키 180센티미터의 매력적인 금발 미녀였죠. 지금은 저희 부모님, 조부모님, 증조부모님과 나란히 크라운힐에 묻혀 있습니다. 작가 제임스 위트콤 라일리도 크라운힐에 묻혀 있죠. 라일리는 생전에 미국에서 가장 돈을 잘 버는 작가였습니다.

제 누나 앨리가 늘 뭐라고 했는지 아세요? 이렇게 말하곤 했습니다. "인생의 앞쪽 절반은 부모 때문에 엉망이 되고, 뒤쪽 절반은 자식들 때문에 엉망이 된다."

'후저 시인'이라 불리던 라일리는 1849년에 태어나 1916년에 죽었는데, 그 당시 미국 작가 중 가장 돈을 잘 버는 사람이었습니다. 극장과 강당에서 돈을 받고 자기 시를 낭독했기 때문이죠. 전에는 평범한 미국인들이 그만큼이나 시를 즐기곤 했습니다. 상상이 가세요?

위대한 프랑스 작가 장폴 사르트르가 한번은 뭐라고 했는지 들어보실래요? "타인은 지옥이다"라고 했습니다. 물론 프랑스어로 말했죠. 그는 노벨상 수상을 거부했습니다. 저라면 그렇게 무례한 행동은 절대 못합니다. 이름이 아이다 영이었던 저희 집 아프리카계 미국인 요리사가 저를 올바르게 키웠거든요.

대공황 시절에 아프리카계 미국인들이 이런 말을—물론 다른 말들도 많이 했습니다만—하곤 했지요. "상황이 너무 안 좋아서 백인들이 자기 아이들을 직접 키워야 할 정도"라고요.

노예의 증손이었던 아이다 영은 지적이고 친절하고 고결하며 자기 생각을 잘 표현할 줄 알고, 사려 깊고 외모가 아름다웠습니다. 아이다 영은 시를 사랑했고, 제게 시를 읽어주곤 했습니다. 하지만 저를 키운 건 아이다 영만이 아니었습니다.

지금은 '제임스 위트콤 라일리 학교'라는 이름으로 알려진 43번 공립학교, 그다음에는 쇼트리지 고등학교의 선생님들 역시 저를 올바르게 키워주었습니다. 그때는 공립학교의 훌륭한 교사가 지역의 유명인사였습니다. 감사하는 마음을 간직한 옛 제자들은 다 큰 어른이 되어서도 은사를 찾아뵙고 자기가 어떻게 지내고 있는지 말씀드렸죠. 저 자신도 그런 감상적인 어른이었습니다.

하지만 제가 좋아한 선생님들은 대부분의 북극곰들과 같은 길을 가신 지 이미 오래입니다.

살면서 할 수 있는 최고의 일은 바로 교사가 되는 겁니다. 당신이 가르치는 것을 미친듯이 사랑하고, 학급의 학생 수가 열여덟 명 이하라는 가정하에 말이죠. 학생이 열여덟 명 이하인 학급은 가족입니다. 가족과 똑같이 느끼고 행동합니다.

대공황이 계속되던 시절, 제가 43번 공립학교를 졸업했을 때는 산업도 직업도 거의 없었고, 히틀러가 독일을 잡아먹고 있었습니다. 우리는 어른이 되었을 때 이 세상을 더 나은 곳으로 만들기 위해 어떤 일을 할 것인지 적어야 했어요.

나는 엘리 릴리*의 회사에서 일하며 화학 약품으로 암을 물리치겠다고 썼죠.

고맙게도 코미디언이자 작가인 폴 크라스너가 조지 W. 부시와 히틀러의 큰 차이점을 지적해주었습니다. 히틀러는 선거를 통해 당선되었다고 말이죠.

제 외아들인 마크 보니것 얘기를 아까 했지요. 중국 여자들과 하버드 의대 얘기 기억하시죠?

음, 마크는 보스턴 지역의 소아과 의사일 뿐 아니라, 화가이자 색소폰 연주자이며 작가이기도 합니다. 『에덴 익스프레스』라는 아주 좋은 책을 썼어요. 자신이 정신병을 앓으면서, 구속복을 입고, 쿠션을 댄 방에 갇혔을 때의 얘기죠. 대학교 땐 레슬링 팀에도 있었답니다. 정말 미친 녀석이죠!

그 책에는 자신이 어떻게 회복해서 하버드 의대를 졸업할 수

* 19세기 미국 약사 겸 군인(1838~1898). 제약회사 '엘리 릴리 앤드 컴퍼니'를 창업했다.

있었는지도 쓰여 있습니다. 마크 보니것의 『에덴 익스프레스』예요.

절대 빌려 읽지 마세요. 제발 부탁이니, 사서 읽으세요!

책을 사지 않고 빌리거나, 혹은 빌려주는 사람을 저는 얼간이라고 생각합니다. 백만 년 전에 제가 쇼트리지 고등학교에 다닐 때는, 엉덩이에 의치를 끼우고 택시 뒷좌석 시트의 단추를 물어뜯는 사람을 얼간이라고 불렀습니다.

하지만 혹시나 오늘밤 여기에 있는 훌륭한 젊은이 중 하나가 직업도 없겠다, 가족도 제 꼴이 아니겠다 해서 내일 정말 얼간이가 되어보자고 할까봐 급히 덧붙이는데, 요즘 택시 뒷좌석에는 단추가 없습니다. 세상은 변하고 있으니까요!

예전에 마크에게 인생이 무엇일지 물어본 적이 있습니다. 저는 도대체 알 수가 없었거든요. 마크가 그러더군요. "아버지, 그게 무엇이든 우리는 서로 도우며 살기 위해 존재하는 것 같아요." 그게 무엇이든.

"그게 무엇이든." 나쁘지 않아요. 기억해둘 만한 말이지요.

그리고 우리는 이 종말의 와중에 어떻게 행동해야 할까요? 물론 서로에게 굉장히 잘해주어야 할 겁니다. 하지만 너무 심각해서도 안 되지요. 농담이 큰 도움이 됩니다. 그리고 아직 개가 없으시다면, 개를 키우세요.

저도 얼마 전에 개를 키우게 되었는데, 새로운 종이에요. 프렌치 푸들과 중국 시추가 반씩 섞인 놈이죠.

싯푸*라는 종입니다.

주목해주셔서 감사합니다. 전 이제 여길 뜨겠습니다.

(2007년 4월 27일)

* shit-poo. 둘 다 속어로 똥을 의미함.

모든 거리에서 슬프도다 슬프도다 하겠다*

* 구약성서 아모스 5장 16절에서 가져온 표현.

깡마르고 왜소한 중위는 기초 훈련 첫번째 날에 늘 하는 말을 우리에게도 들려주었다. "제군들, 지금까지 제군들은 착하고 깨끗한 미국 청년이었다. 스포츠맨 정신과 페어플레이에 대한 미국인의 애정을 제군들도 지녀왔다. 우리는 지금 그걸 바꾸려고 한다. 우리의 일은 제군들을 세계 역사상 가장 치사하고 비열한 싸움꾼으로 만드는 것이다. 지금부터는 퀸즈베리 후작의 규칙* 이든 어떤 규칙이든 다 잊어버려도 좋다. 무엇이든 어떤 짓이든 해도 좋다. 벨트 아래를 걷어찰 수 있다면 절대 벨트 위는 가격하지 마라. 그 개자식이 비명을 지르게 만들어라. 어떤 방법이

* 권투 경기에 글러브 착용 등을 의무화한 규칙.

든 써서 죽여라. 죽여, 죽여, 죽여라. 알아듣겠나?"

그의 말에 우리는 불안하게 웃었고, 대개는 옳다고 동의했다. "히틀러와 도조*가 미국인들은 마음 약한 놈들이라고 하지 않았나? 하! 우리가 어떤지 알게 해주지." 물론 독일과 일본은 알게 되었다. 완전히 강력해진 민주주의는 델 듯이 뜨거운 분노를 멈추지 않고 쏟아냈다. 2차대전은 야만에 맞서는 이성의 전쟁인 것으로 되어 있었고, 전쟁의 주제는 너무나 높은 수준의 것들이라 우리의 흥분한 전사들 대부분은 자기가 싸우는 이유를 알지 못했다. 적이 개자식들이라는 것만 알 뿐이었다. 모든 것을 파괴하는, 모든 살인이 용납되는 새로운 종류의 전쟁이었다. 독일인들이 "너희 미국인들은 왜 우리와 싸우는 거야?"라고 물으면 "그건 모르지만 우리가 너희를 죽도록 패고 있다는 건 확실하지"라는 게 정해진 대답이었다.

총력전이라는 것을 즐기는 사람들이 많았다. 현대적인 느낌이 났고, 우리의 놀라운 과학기술과 어울렸다. 그들에게 전쟁은 미식축구 경기와도 같았다. "목을 잘라, 목을 잘라, 잘라……" 내가 애터버리 캠프에서 집으로 가기 위해 히치하이킹을 했을 때, 작은 마을에서 장사하는 남편들을 둔 통통한 중년 부인 셋

* 진주만 습격 명령을 내려 태평양전쟁을 발발시킨 일본 제국의 군인이자 정치가 도조 히데키(1884~1948).

이 탄 차가 나를 태워준 적이 있다. 운전하던 분이 분위기를 즐겁게 하려고 내게 "독일놈들 많이 죽였어요?" 하고 물었다. 나는 모르겠다고 대답했다. 그 대답은 겸손한 말로 받아들여졌다. 차에서 내리는데 한 분이 어머니처럼 내 어깨를 두드렸다. "이젠 가서 그 더러운 일본놈들을 좀 죽이고 싶겠네요?" 우리는 아는 사람들끼리 하는 윙크를 교환했다. 그 순박한 분들께 내가 전선에 나간 지 일주일 만에 포로로 잡혔다는 말은 하지 않았다. 그리고 무엇보다, 더러운 독일놈들을 죽이는 것, 총력전에 대해 내가 아는 것과 그에 대한 생각을 말하지 않았다. 그때나 지금이나 마음속으로 진저리가 나는 것은 미국 신문들에서 대충 다루고 넘어갔던 사건과 관련이 있다. 1945년 2월, 독일의 드레스덴이 파괴되었고, 그와 함께 십만 명이 넘는 사람이 죽었다. 나는 그때 거기에 있었다. 미국이 어떤 식으로 강력해졌는지 아는 사람이 많지 않다.

나는 벌지 전투에서 잡혀 드레스덴에서 노역하게 된 보병대 일병 백오십 명 중 하나였다. 우리가 듣기로 그때까지 유일하게 폭격을 면한 독일의 주요 도시가 드레스덴이라고 했다. 1945년 1월이었다. 운이 좋았던 건 호전적이지 않은 도시의 성격 때문이었다. 병원, 양조장, 식품 처리 공장, 외과 용품점, 도자기 공장, 악기 공장 같은 것들이 있는 곳이었다. 전쟁이 시작된 후 병원이 가장 중요해졌다. 매일 동쪽과 서쪽에서 부상자가 수백 명씩 고요한 보호구역으로 찾아왔다. 밤이 되면 먼 곳에서 폭격을 가하는 우르릉 소리가 희미하게 들려왔다. 우리는 "오늘밤은 켐니츠가 당하는군" 하며 짐작해보곤 했다. 딱 벌어진 비행기의 폭탄 투하실과 다이얼을 돌리고 조준경의 십자선을 들여다보는 똑똑한 젊은이들의 아래에 있는 건 어떤 일일까 하고. '우린 비무장 도시에 있어서 정말 다행이야'라고 말하곤 했다. 연기가 피어오르는 베를린, 라이프치히, 브레슬라우, 뮌헨 등지에서 계속해서 몰려온 수천 명의 비참한 피난민들—여자들, 아이들, 노인들—역시 그랬다. 사람들이 모여들어 드레스덴의 인구는 두 배로 불어났다.

드레스덴에는 전쟁이 없었다. 물론 매일같이 비행기들이 나타났고 사이렌이 울렸지만, 그 비행기들은 언제나 다른 곳으로 가는 길이었다. 사이렌은 지루한 노동중에 잠시 쉬는 시간이었고, 사교 행사였고, 방공호에서 수다를 떨 기회였다. 사실 방공호라는 것도 국가적 비상사태가 닥쳤다고 하니 구색만 갖춘 곳일 뿐이었다. 안에 벤치를 놓고 창문은 모래주머니로 막아둔 와인 저장고와 지하실이 대부분이었다. 도시 중심부의 관공서 근처에는 더 제대로 된 벙커가 몇 곳 있었지만, 베를린이 매일같이 공격당하면서도 큰 피해를 입지 않을 수 있었던 이유인 튼튼한 지하 요새 같은 건 드레스덴에 전혀 없었다. 드레스덴은 공격에 대비할 이유가 없었다—그래서 끔찍한 이야기가 펼쳐진다.

드레스덴은 분명 세상에서 가장 사랑스러운 도시 중 하나였다. 넓은 길가에는 늘어선 나무들이 그림자를 드리웠다. 작은 공원과 조각상이 셀 수 없이 많았다. 오래된 멋진 교회, 도서관, 박물관, 극장, 갤러리, 맥주집이 있었고, 동물원과 명성 있는 대학교도 하나 있었다. 한때는 관광객의 천국이었던 곳이다. 그들이 나보다 드레스덴의 매력에 대해 훨씬 잘 알 것이다. 하지만 내가 느낀 인상은, 드레스덴에—그 도시 자체에—좋은 삶의 상징이 있었다는 것이다. 쾌적하고, 정직하고, 지적인 삶의 상징 말이다. 스와스티카*의 그림자 속에서 인간의 존엄과 희망의 이런 상징들은 진실의 기념비처럼 서서 미래를 기다렸다. 수백 년에 걸쳐 축적된 보물인 드레스덴은 우리가 깊게 빚지고 있는 훌륭한 유럽 문명에 대해 유창하게 얘기해주었다. 나는 굶주리고 더러운 포로였고 나를 잡은 자들을 힘껏 증오했지만, 드레스덴을 사랑했고 이곳의 축복받은 놀라운 과거와 풍부한 가능성의 미래를 보았다.

1945년 2월, 미국 폭격기들이 이 보물을 부서진 돌과 잉걸불로 만들어버렸다. 고성능 폭약으로 도시의 내장을 끄집어내 소이탄으로 화장했다. 엄청난 진보를 상징하는 건 원자폭탄 쪽이

* 시계 방향 혹은 반시계 방향으로 꺾인 십자 모양 무늬. 독일 나치즘의 상징인 하켄크로이츠를 가리킨다.

겠지만, 원시적인 TNT와 소이탄이 런던 폭격의 희생자보다 더 많은 사람을 단 하룻밤 새에 몰살할 수 있었다는 사실은 흥미롭다. 드레스덴 요새에서는 우리 공군에게 여남은 발을 쏘았다. 그들은 아마 기지로 돌아가 뜨거운 커피를 홀짝이며 이렇게 말했을 것이다. "오늘밤은 유달리 대공포가 적었어. 음, 이제 잘 때가 된 것 같군." (최전방 부대를 엄호하던) 전술 부대 출신의 영국 파일럿 포로들은 도시 공격용 중폭격기를 탔던 병사들을 이렇게 꾸짖곤 했다. "끓는 오줌 악취와 타는 듯한 거리측정계를 대체 어떻게 견딜 수 있었던 거야?"

그야말로 전형적인 뉴스 보도는 이렇다. "어젯밤 우리 폭격기가 드레스덴을 공격. 모든 비행기 무사 귀환." 좋은 독일인은 죽은 독일인뿐이다. 십만 명이 넘는 사악한 남자, 여자, 아이(몸이 성한 사람들은 전선에 나가 있었다)가 인류에 대한 그들의 죄 때문에 영원히 제거되었다. 나는 그날 출격한 폭격수 한 명을 우연히 만났다. 그는 내게 "우린 정말 하기 싫었어"라고 말했다.

우리는 그들이 나타났던 밤을 도살장 지하의 고기 창고에서 보냈다. 운좋게도 드레스덴에서 제일 좋은 방공호였다. 거인들이 우리 머리 위의 땅을 마구 걸어다녔다. 처음에는 교외에서 춤을 추는 거인들의 부드러운 속삭임이 들렸고, 그다음엔 우리를 향해 터벅터벅 걸어오는 우르릉 소리가 들렸고, 그리고 마침내 우리 위에서 발을 내리찍어 귀가 찢어질 듯한 굉음이 들렸다—그러고는 다시 교외로 갔다. 그들은 왔다갔다하며 도시를 휩쓸었다. 바로 집중 폭격이라는 것이다.

한 노부인이 내게 말했다. "난 비명을 지르고 울면서 우리 방공호 벽을 쥐어뜯었어. 신에게 기도하며 '제발, 제발, 제발, 신이시여, 저들을 멈춰주세요'라고 했지. 하지만 신은 내 말을 듣지 않으셨어. 어떤 힘도 그들을 멈출 수 없었어. 그들은 연달아서 물결처럼 찾아왔지. 그들에게 항복할 길이, 더이상 견딜 수 없다고 말할 길이 없었어. 그 누구도 앉아서 아침이 될 때까지 기다리는 일 말고는 아무것도 할 수 없었어." 그 부인의 딸과 손자가 그날 밤 숨졌다.

우리의 작은 감옥은 전소되었다. 우리는 남아프리카 포로들이 있는 외진 수용소로 옮겨질 예정이었다. 우리 경비병들은 나이든 시민군이나 장애를 얻은 퇴역 군인으로 이루어진 멜랑콜리한 사람들이었다. 대부분 드레스덴 주민이었고 홀로코스트 현장 어딘가에 가족과 친구들이 있었다. 러시아와의 전쟁에 두 번 참전해 최전방에서 싸우며 눈 하나를 잃은 상병은 우리가 옮겨지기 전에 자기 아내, 두 아이, 부모님이 사망했다는 것을 확인했다. 그에겐 담배가 딱 한 개비 있었다. 그 한 개비를 나와 나눠 피웠다.

새 막사로 행군하며 우리는 도시 경계까지 갔다. 도시 중심지에 살아남은 누군가가 있을 거라고 믿기는 불가능했다. 보통 때라면 추웠을 텐데, 지옥같이 타오르는 불에서 가끔씩 열기가 치솟아 우리는 땀을 흘렸다. 보통 때라면 맑고 청명했겠지만, 짙은 연기가 높이 솟아올라 정오에도 황혼 같았다. 음산한 행렬이 시외 고속도로를 가득 메웠다. 얼굴에 검댕이 묻고 눈물 자국이 난 사람들의 행렬이. 어떤 이들은 부상자를 데리고 갔고, 어떤 이들은 사망자를 나르고 있었다. 그들은 들판에 모였다. 아무도 말이 없었다. 적십자 완장을 찬 사람들 몇 명이 피해자들에게 해줄 수 있는 일을 했다.

남아프리카인들과 합류한 우리는 노역 없는 일주일을 즐겼다. 그주 끝 무렵에 본부와 연락이 다시 가능해졌고, 우리는 10킬로미터 이상을 걸어 가장 피해가 심한 지역으로 가라는 명령을 받았다. 그 지역에 있던 무엇도 폭격의 분노를 피하지 못했다. 뾰족한 건물 벽, 깨진 조각상과 박살난 나무의 도시. 모든 운송수단이 광란의 밤 사이에 부서지고 불에 타버려 멈춰 선 채 녹슬거나 썩기만을 기다리고 있었다. 우리가 내는 소리 말고는 건물 회반죽이 떨어져내리는 소리와 메아리만 들렸다. 그 적막함을 제대로 설명할 수 없지만, 전쟁포로용 임시 병원에서 의식이 혼미한 채 헛소리를 하던 영국 군인의 말을 빌려 어떤 느낌이었는지 전할 수는 있다. "무섭다니까, 내 말 좀 들어봐. 그 빌어먹을 거리를 걷다보면 눈 천 개 정도가 내 뒤통수를 보고 있는 기분이 들어. 내 뒤에서 속삭이는 소리가 들려. 그들을 보려고 돌아보면 한 명도 보이지 않아. 느낄 수 있고 들을 수 있지만 거기엔 아무도 없어." 우리는 그의 말이 사실임을 알고 있었다.

'구조' 작업을 위해 우리는 소규모 팀으로 나뉘어 각각 경비병 한 명에게 지시를 받았다. 우리의 엽기적인 임무는 시체를 찾는 것이었다. 그날 우리는 잔뜩 수확을 올렸고 그뒤로도 한참 그랬다. 소규모 팀으로 작업했지만—여기서 다리 하나, 저기서 팔 하나, 가끔 아기 하나—정오가 되기 전에 주맥主脈을 찾아냈다. 지하실 벽을 뚫고 들어가보니 백 명이 넘는 인간이 지독한 악취를 풍기는 다진 고기 요리가 되어 있었다. 그 안 사람들의 피부 질감이 말린 자두 같았던 것을 보아 건물이 무너져 출구가 막히기 전에 불길이 휩쓸고 간 모양이었다. 경비병이 설명하기를, 그 난장판 안으로 휘젓고 들어가 유해들을 들고 나오는 것이 우리의 할일이라고 했다. 경비병이 찰싹찰싹 때리며 후두음으로 욕설을 하는 통에 우리는 그 속으로 마구 뛰어들었다. 바닥이 터진 수도와 내장으로 된 불쾌한 수프로 뒤덮여 있는, 말 그대로 그 속으로 뛰어들었다. 불길에 바로 사망하지 않은 몇 명이 좁은 비상구로 나가려 한 모양이었다. 어쨌든 통로에 시체 몇 구가 꽉 끼어 있었다. 앞장섰던 사람은 계단을 반쯤 올라갔다가 쏟아지는 벽돌과 회반죽에 목까지 파묻혔다. 열다섯 살쯤 된 것 같았다.

여기서 우리 공군의 고결함을 더럽히는 것이 조금 유감스럽기는 하지만, 친구들, 자네들은 무시무시할 정도로 많은 여자와 어린이를 죽였어. 내가 묘사했던 방공호, 그처럼 셀 수 없이 많은 방공호에도 여자와 아이가 가득했다. 이 사실을 아는 이유는, 우리가 그들의 시체를 파내서 공원의 집단 화장용 장작더미까지 날라야 했기 때문이다. 이것이 얼마나 큰일인지 명백해지자 화장용 장작더미를 쓰지 않게 되었다. 그 일을 제대로 할 만한 인력이 없었기 때문에, 화염방사기를 든 사람이 내려가 시체가 있는 그 자리에서 화장을 했다. 무차별적으로 살해당한, 산 채로 불타고 질식하고 으깨져 죽은 남자와 여자와 아이 들을 태웠다. 우리가 싸운 이유가 아무리 고상하다 해도, 우리 역시 나름의 벨젠*을 만들었다. 보복을 위해 선택한 방법은 아니었지만, 그 결과가 잔인하고 비정한 것은 똑같았다. 안타깝게도, 그것이 소름 끼치는 진실이다.

어둠, 냄새, 대학살에 익숙해지자 우리는 각각의 시체가 살아 있을 때 어땠을지 생각해보기 시작했다. 추악한 놀이였다. "부자, 가난뱅이, 거지, 도둑……" 두툼한 지갑과 보석을 가진 사람도, 귀중한 음식을 지닌 사람도 있었다. 개의 목줄을 쥔 채 죽은 소년도 있었다. 독일 군복을 입은 변절한 우크라이나인들이

* 나치 강제 수용소가 있던 독일 동북부 지방.

수용소에서 우리를 감독했다. 근처의 와인 저장고에서 와인을 마시고 잔뜩 취한 그들은 자기 일을 굉장히 즐기는 것 같았다. 우리가 시체를 거리로 나르기 전에 그들이 귀중품을 모두 털었으니 꽤 돈이 되는 일이었다. 죽음이 너무나 흔해져 우리는 이 음울한 짐을 놓고 농담하고 마치 쓰레기처럼 내던졌다. 처음에는, 특히 시체가 젊은 사람일 때는 그러지 않았다. 조심스레 들것에 싣고 그들이 화장되기 전 마지막으로 쉴 곳에 장례식을 치르듯 엄숙하게 내려놓았다. 하지만 경건함과 슬픔이 깃든 우리의 예절은 사라지고, 내가 말했듯 순전히 냉담함만 갖게 되었다. 소름 끼치는 하루가 끝날 때면 우리는 담배를 피우며 놀라울 만큼 잔뜩 쌓인 시쳇더미를 살폈다. 우리 중 하나는 그 더미에 담배꽁초를 던지며 말했다. "제기랄, 죽음이 나를 찾아오고 싶다면 난 언제나 준비가 돼 있어."

폭격 며칠 후 다시 사이렌이 울렸다. 이번에는 무기력하고 상심한 생존자들에게 전단이 쏟아졌다. 가지고 있던 전단은 잃어버렸지만 대충 이런 내용이었던 것으로 기억한다. "드레스덴 주민 여러분, 드레스덴의 철도 시설이 병력을 대거 이송하고 있어 당신들의 도시를 폭격할 수밖에 없었습니다. 항상 목표물만 맞히지는 못했다는 것을 압니다. 군사 목표를 제외한 다른 파괴는 모두 고의가 아니며, 전시이기 때문에 피할 수 없는 불운이었습니다." 분명 모두가 만족할 수 있을 정도로 학살을 잘 설명한 말이었겠지만, 그것은 미국 폭격기에 대한 상당한 경멸을 불러일으켰다. 마지막 B-17기가 충분히 누릴 자격이 있는 휴식을 취하러 서쪽으로 날아간 지 사십팔 시간 만에 노역자들이 파괴된 철도에 몰려들어 거의 정상 상태로 복구했다는 것도 엄연한 사실이다. 엘베강의 철교 중 어느 것도 작동 불능 상태에 있지 않았다. 미군이 지정한 목표물에서 5킬로미터 이상 떨어진 곳까지 폭격이 미쳤다는 걸 안다면 그 놀라운 기계를 만든 폭격 조준기 생산자들은 얼굴을 붉힐 것이다. 전단에는 "우리가 교회, 병원, 학교, 박물관, 극장, 당신의 대학, 동물원, 시내의 아파트를 죄다 맞혔지만, 솔직히 말해서 그렇게 하려고 애를 쓴 게 아니야. 세라 게르.* 정말 미안. 그리고, 알겠지만 요즘엔 집중 폭격이 대유행이잖아"라고 쓰였어야 했다.

전략적 중요성은 있었다. 철도를 멈춰라. 훌륭한 작전 행동이었음은 의심의 여지가 없지만 그 수법이 지독했다. 폭격기들은 도시 경계에서부터 폭탄 투하실을 통해 고성능 폭약과 소이탄을 떨어뜨렸다. 폭탄이 떨어진 패턴을 보면 조종사들이 점괘판을 보며 지시를 받은 게 분명하다. 득과 실을 표로 만들어 비교해보자. 십만 명이 넘는 비전투원과 정말 아름다운 도시가 목표물에서 멀리 떨어진 폭탄에 의해 파괴당했다. 철도는 대략 이틀

* C'est la guerre. 그것이 전쟁이지.

정도 불통이 되었다. 독일인들은 이 일을 한 번의 폭격으로 가장 많은 사람이 죽은 사건으로 기록했다. 드레스덴의 죽음은 쓰라린 비극이었고, 무익하면서 의도된 처형이었다. 아이를 죽이는 것—'독일놈' 아이든 '일본놈' 아이든, 미래에 어느 나라가 우리의 적이 되든—은 절대 정당화될 수 없다.

내가 종종 내는 큰 신음소리처럼 안이한 대답은 모든 상투적인 말 가운데 가장 혐오스럽다. "전시의 불운이다." "그들이 자초한 일이야. 그들이 이해할 수 있는 건 힘뿐이거든." 대체 누가 자초했단 말인가? 힘밖에 이해하지 못하는 게 누구인가? 내 말을 믿어도 좋은데, 부셸 바구니*에 아기들을 모아 담거나, 자기 부인이 묻혀 있을 것 같은 자리를 파내는 남자를 도와주고 있을 때면, 분노의 포도가 잠재한 포도밭을 통째로 날려버리는 일을 정당화하기가 쉽지 않다. 물론 적군과 산업시설은 깨끗이 쓸어버렸어야 하고, 그 근처에 숨어 있을 정도로 어리석은 사람들이 있었다면 슬픈 일이다. 하지만 '강력한 미국' 정책과 복수의 정신 때문에, 온갖 파괴와 살해를 용인한 것 때문에 우리는 터무니없이 극악무도한 것으로 유명해졌다. 그리고 독일이 평화롭고 지적으로 생산적인 국가가 되는 것은 아주 먼 미래에나 가능하게 되었다.

---

* 곡물 및 과일의 중량 단위 1부셸, 약 30리터 부피의 나무바구니.

우리의 지도자들에겐 무엇을 파괴하고 무엇을 남겨둘지에 대한 백지 위임장이 있었다. 그들의 임무는 최대한 빨리 전쟁에서 승리하는 것이었고, 바로 그 일을 하는 데 감탄할 정도로 잘 훈련되어 있었다. 하지만 가치를 매길 수 없이 소중한 세계의 유산 — 이번 경우엔 드레스덴 — 의 운명에 대한 그들의 결정이늘 신중하지는 않았다. 전쟁 후반, 독일군이 모든 전선에서 패하고 우리 전투기가 마지막 남은 주요 도시를 파괴하러 출격했을 때, 과연 "이 비극이 우리에게 어떤 이득을 줄 것이며, 그 이득을 장기적인 부작용과 비교하면 어떨까?"라고 질문해본 사람이 있을까 싶다. 드레스덴. 예술 정신으로 세운 아름다운 도시, 존경스러운 유산의 상징. 나치 반대자가 워낙 많아 히틀러가 집권 기간 중 딱 두 번밖에 방문하지 않았던 곳. 몹시도 필요한 식량과 의료의 중심지였던 곳, 그런 곳을 잿기로 갈아엎고 이랑에 소금을 뿌린 꼴이다.

연합군이 선한 쪽에, 독일과 일본이 악한 쪽에 서서 싸웠다는 것에는 의심의 여지가 없다. 2차대전의 동기는 거의 신성하다시피 했다. 그러나 민간인을 상대로 한 대규모 폭격을 두고 정의라 부르는 것은 신성모독이라고 확신한다. 적군이 먼저 그랬다는 것은 도덕적 문제와 전혀 무관하다. 유럽에서의 전쟁이 끝나가고 있을 때 우리 공군이 벌였던 공격에서, 나는 전쟁을 위한 전쟁을 하는 비이성적 특징을 발견했다. 민주주의 미국의 마음

약한 시민들이 사람의 벨트 아래를 걷어차고 개자식에게 비명을 지르도록 하는 법을 배운 것이다.

도시를 점령한 러시아군은 우리가 미국인임을 알고 포옹하며, 우리 비행기가 도시를 완벽하게 황폐화시킨 것을 축하했다. 우리는 그들의 축하를 기꺼이 받아들이며 겸손하게 굴었지만, 그때도, 그리고 지금도, 나는 세계의 다음 세대들을 위해 드레스덴을 구할 수 있다면 내 목숨이라도 내놓으리라 느꼈다. 지구의 모든 도시에 대해 모든 사람들이 그렇게 느껴야만 한다.

미래부 장관이란 게 있어야 해.

멋진 날

내 나이 열여섯이었을 때 사람들은 날 스물다섯 살로 보았지. 도시에서 온 어느 다 큰 여자는 내가 서른 살일 거라고 장담하기도 했고. 몸집이 컸으니까. 쇠수세미 같은 구레나룻도 있었고. 난 인디애나주 루베른 말고 다른 곳을 보고 싶었어. 인디애나폴리스 정도로 만족했을 거라는 뜻은 아니야.

그래서 나이를 속이고 세계군에 입대했지.

울음을 터뜨린 사람은 없었어. 깃발도, 밴드 연주도 없었어. 나 같은 어린애가 민주주의를 위해 싸우다 머리통이 날아가거나 하던 옛날이랑은 다른 시절이었거든.

정류장에 배웅하러 나온 사람은 엄마뿐이었지만, 엄마는 화를 내셨어. 다른 데서는 멀쩡한 직업을 구할 수 없는 건달들이

나 가는 곳이 세계군이라고 생각하셨거든.

옛날 일 같지만 2037년에 있었던 일이야.

"줄루족* 놈들이랑 어울리지 마라." 엄마가 말했어.

"세계군엔 줄루족 말고도 많아요, 엄마." 내가 말했지. "세상 모든 나라에서 다 오는걸요."

하지만 엄마에게 플로이드카운티 밖에서 태어난 사람은 죄다 줄루였어. "흠, 어쨌든," 엄마가 말했어. "세계 세금이 이렇게 높은 걸 보면 음식은 잘 챙겨주겠지. 네가 줄루족이랑 같이 가려고 안달이 났으니, 네게 총을 쏘는 다른 군대가 없다는 점은 기뻐해야 할 것 같구나."

"저는 평화를 유지할 거예요, 엄마." 내가 말했어. "군대가 하나밖에 없으니 끔찍한 전쟁은 앞으로 절대 없을 거예요. 자랑스럽지 않으세요?"

"사람들이 평화를 위해 한 일은 자랑스럽지." 엄마가 말했어. "그렇다고 군대를 사랑할 수는 없어."

"새롭고 품격 있는 군대예요, 엄마." 내가 말했어. "거기선 욕하는 것도 금지예요. 꼬박꼬박 교회에 가지 않으면 후식도 안 줘요."

엄마는 고개를 가로저으셨어. "한 가지만 기억해." 엄마가 말

---

* 아프리카 원주민의 한 종족으로, 남아프리카공화국에 대다수 거주하고 있다.

했어. "네게 품격이 있었다는 걸 잊지 마라." 엄마는 내게 키스해주지 않으셨어. 나와 악수를 하셨지. "적어도 내가 너를 가졌을 땐, 그랬다고."

하지만 내가 기초 훈련을 받고 나서 첫 군복의 견장을 보내드렸을 때, 엄마는 그걸 신에게 받은 그림엽서처럼 주위에 보여주고 다니셨다고 해. 금시계 그림이 수놓인 파란 펠트 조각에 불과했는데 말이야. 녹색 번개를 내뿜는 시계였지.

엄마는 만나는 사람마다 붙잡고 자기 아들이 타임스크린 중대에 있다고 허풍을 떠셨대. 타임스크린 중대가 뭔지도 모르시면서. 타임스크린 중대가 세계군 전체에서 최고로 위엄 있다는 걸 알지도 못하는 사람들에게.

음, 우리는 처음이자 마지막 타임스크린 중대였어. 타임머신의 오류를 잡지 못하고 있었거든. 우리가 하게 될 일은 철저한 기밀이었어. 우리조차 그게 뭔지 몰랐고. 알았을 땐 탈영하기에 이미 너무 늦어버렸지.

우리 상사인 포리츠키 대위가 해준 말이라곤 이 지구상에 그 시계 견장을 달 수 있는 사람은 이백 명밖에 없으니 아주 자랑스러워해야 한다는 것뿐이었어.

그는 노트르담에서 축구선수를 했었대. 법원 잔디밭 앞에 쌓아놓은 둥근 대포알 무더기같이 생겼고. 우리한테 얘기할 때 자기 몸을 여기저기 더듬는 걸 좋아했어. 대포알들이 얼마나 딱딱한지 만져보는 걸 좋아하는 것 같았지.

그는 이렇게 중요한 임무에 이렇게 훌륭한 사람들을 이끌게 되어서 정말 영광이라고 했어. 프랑스의 샤토티에리*라는 곳에 가서 작전을 시작하면 우리의 임무가 뭔지 알게 될 거라고 했어.

가끔 장군들이 우리가 슬프고 아름다운 일을 할 거라는 듯 바라봤지만, 타임머신에 대한 경고는 아무도 해주지 않았어.

샤토티에리에 가보니 다들 우릴 기다리고 있더군. 우리가 엄청 대단한 사람들인 걸로 되어 있음을 그때 알았지. 다들 소매에 금시계를 단 킬러들을 보고 싶어했어. 모두들 우리가 펼칠 대단한 쇼를 보고 싶어했어.

거기 도착했을 때 우리가 바보 같은 모습이었다면, 시간이 지나면서는 점점 더 바보 같아졌어. 여전히 타임스크린 중대가 뭘 해야 하는지 모르고 있었거든.

물어봐도 소용이 없었어.

"포리츠키 대위님." 난 최대한 공손하게 말했지. "내일 새벽에 새로운 종류의 공격을 하게 된다고 들었습니다."

"행복하고 자랑스러운 미소를 짓게나, 병사!" 그가 내게 말했

* 프랑스 북부 도시. 1차대전의 격전지.

어. “그렇다네!”

“대위님,” 내가 말했어. “소대원들이 저를 뽑아서 저희가 하게 될 일이 무엇인지 대위님께 여쭤보라고 했습니다. 준비를 해두고 싶어서 그렇습니다.”

“병사,” 포리츠키가 말했어. “그 소대에 있는 제군들 모두 의욕 있고, 단결심 있고, 수류탄 세 개, 소총 한 자루, 총검, 총알 백 발씩이 있어, 안 그런가?”

“네, 그렇습니다.”

“병사,” 포리츠키가 말했어. “자네 소대는 준비되어 있네. 그리고 내가 얼마나 신뢰하는지 보여주기 위해, 자네 소대를 공격에 앞장서게 할 거야.” 그가 눈썹을 치켜세우더군. “음, ‘감사합니다’라고 하지 않을 건가?”

그렇게 했어.

“그리고 내가 자네를 얼마나 믿는지 보여주기 위해,” 그가 말했어. “자네를 맨 앞 소대의 맨 앞 분대에서 맨 앞 사람이 되게 할 거야.” 그의 눈썹이 다시 올라갔어. “‘감사합니다’라고 하지 않을 건가?”

다시 그렇게 했어.

“과학자들이 자네들만큼 준비되어 있길 기도나 하게.” 포리츠키가 말했어.

“과학자들도 관련되어 있습니까?” 내가 말했어.

"면담 끝." 포리츠키가 말했어. "차렷."

그렇게 했어.

"경례." 포리츠키가 말했어.

그렇게 했어.

"앞으로 전진!" 그가 말했고.

난 나왔어.

그래서 중요한 시범 전날 밤, 난 아무것도 모른 채 겁을 먹고 집을 그리워하며 프랑스의 터널에서 보초를 서고 있었어. 솔트레이크에서 온 얼 스털링이라는 녀석과 함께였지.

"과학자들이 도와줄 거라고, 응?" 얼이 내게 말했어.

"그렇다던데."

"난 그만큼도 모르는 편이 나았을 것 같다."

땅 위에서 큰 포탄이 터져서 고막이 찢어질 것 같았어. 위에서 일제사격을 하는데, 마치 거인들이 걸어다니며 발로 차서 세상을 부수는 것 같더군. 물론 우리 군대가 쏘는 총이었지. 우리가 적이라도 되는 것처럼, 잔뜩 화가 나기라도 한 것처럼. 모두들 땅속 깊은 터널 안에 있었기 때문에 다칠 일은 없었어.

이 모든 시끄러운 소리를 즐기는 사람은 아무도 없었어. 포리츠키 대위를 빼고는. 완전히 제정신이 아니더군.

"이걸 실험했다가, 저걸 실험했다가." 얼이 말했어. "실험하기로 한 폭탄이 아닌 것 같은데. 나 지금 겁먹은 척하는 게 아니라 진짜 무서워."

"포리츠키는 이게 음악소리래." 내가 말했지.

"옛날 진짜 전쟁에선 정말 이랬다고 하더라." 얼이 말했어. "어떻게 살아남은 사람들이 있었는지 이해가 안 가."

"구멍에 들어가면 상당히 안전해." 내가 말했어.

"하지만 옛날에 장군들 말고는 이렇게 좋은 구멍 속에 들어간 사람이 거의 없었잖아. 병사들은 가림막도 없는 얕은 구멍에 있었고, 명령이 떨어지면 구멍 밖으로 나가야 되는데, 그런 명령들은 계속 떨어지잖아."

"아마 지면에서 가까운 곳에 있었겠지." 내가 말했어.

"지면에서 얼마나 가까이 있을 수 있을까?" 얼은 궁금해했어. "저기 어떤 곳을 보면 누가 예초기로 민 것처럼 풀이 잘려 있어. 서 있는 나무는 한 그루도 없어. 온통 큰 구멍투성이야. 그때 사람들은 진짜 전쟁들을 그렇게 해대면서 어떻게 미쳐버리거나 그만두지 않을 수 있었을까?"

"사람들은 재미있지." 내가 말했어.

"가끔은 그렇지 않은 것 같아." 얼이 말했어.

큰 폭탄이 또하나 터지더니, 작은 폭탄 두 개가 정말 빠르게 연달아 터졌어.

"그 러시아 중대 수집품 봤어?" 얼이 말했어.

"얘기는 들었어." 내가 말했어.

"해골을 거의 백 개쯤 갖고 있어. 선반에 감로멜론처럼 줄지어 세워놨더라."

"미쳤네." 내가 말했어.

"응, 그렇게 해골을 모으다니 말이야. 하지만 모으지 않을 수가 없었대. 무슨 뜻이냐면, 어디를 파도 해골이 안 나오는 데가 없다는 거야. 거기서 뭔가 엄청난 일이 일어났던 게 분명해."

"뭔가 엄청난 일은 이 근처 어디에나 있었어." 내가 말해줬지. "여기는 세계대전 때 굉장히 유명한 전장이었어. 미국인들이 독일인들을 쓸어버린 곳이야. 포리츠키가 얘기해줬어."

"그중 해골 두 개에는 파편이 들어 있어. 그건 봤어?" 얼이 물었어.

"아니." 내가 말했어.

"흔들면 안에서 파편이 달그락거리는 소리가 들려." 얼이 말했지. "파편이 들어간 구멍도 볼 수 있어."

"그 불쌍한 해골들을 어떻게 해야 하는지 알아?" 내가 물었어. "전 세계 모든 종교의 성직자들을 전부 불러모아야 해. 그 불쌍한 해골들에게 제대로 장례식을 치러주고, 다시는 괴롭힘당하지 않을 곳에 묻어줘야 돼."

"해골들이 더이상 사람인 것도 아니잖아." 얼이 말했어.

"해골들이 사람인 적이 없었던 것도 아니잖아. 해골들이 생명을 버린 덕분에 우리 아버지들, 할아버지들, 증조할아버지들이 살 수 있었잖아. 우리가 할 수 있는 최소한의 일은 그 가엾은 뼈들을 잘 모시는 거야."

"응, 하지만 그중에는 우리 고조할아버지라든가 그런 분을 죽이려 했던 사람도 있을 거 아니야?" 얼이 말했어.

"독일인은 자기들이 세상을 낫게 만들고 있다고 생각했어." 내가 말했지. "누구나 자기가 세상을 낫게 만들고 있다고 생각했어. 그들의 마음은 진심이었겠지. 중요한 건 생각이야."

터널 위의 캔버스 장막이 열리더니 밖에 있던 포리츠키 대위가 아래로 내려왔어. 지금 바깥에서 일어나고 있는 일 중에 포근한 보슬비보다 안 좋은 건 없다는 듯 느긋하더군.

"밖은 좀 위험하지 않습니까?" 내가 물었어. 그는 밖으로 나갈 필요가 없었거든. 터널은 모두 연결되었고, 일제사격하는 와중엔 아무도 나가지 않도록 되어 있었으니까.

"우리가 자유의지로 고른 이 직업이 좀 위험한 편 아닌가, 젊은이?" 그가 내게 묻더니 내 코밑에 자기 손등을 대더라. 길게 벤 상처가 보였어. 그는 "파편!"이라고 말하고 씩 웃더니 상처를 입에 대고 빨았어.

가만히 움직이지 않고 피를 충분히 마신 그는 나와 얼을 아래위로 훑어보았어. "병사." 그리고 나를 불렀어. "자네 총검은 어디 있나?"

허리띠를 더듬어보니 내가 총검을 깜빡 잊고 두고 나왔더라고.

"병사, 만약 갑자기 이 안으로 적이 뛰어들면 어떻게 되겠나?" 포리츠키는 5월에 나무 열매를 주워 모으는 것 같은 춤을 춰 보였어. "'친구들, 미안해. 내가 총검 가져올 테니 여기서 잠시만 기다려줘.' 그렇게 말할 텐가, 병사?" 그가 내게 물었어.

난 고개를 가로저었지.

"막상 일이 닥쳤을 때는 총검이 군인의 가장 좋은 친구다." 포리츠키가 말했어. "일이 닥쳤을 때가 직업군인이 가장 행복한 때다. 그때가 적과 가까이 있을 때니까. 그렇지 않나?"

"네, 그렇습니다." 내가 말했어.

"자네 해골을 좀 모았나, 병사?" 포리츠키가 말했어.

"아닙니다." 내가 말했어.

"모아도 전혀 나쁠 것 없어."

"네, 그렇습니다." 내가 말했어.

"그들이 전부 죽은 데는 이유가 있다, 병사." 포리츠키가 말했어. "좋은 군인이 아니었던 거야! 프로가 아니었던 거지! 실수를 했어! 제대로 된 교육을 받지 못했기 때문이지!"

"그런 것 같습니다." 내가 말했지.

"작전이 힘들다고 생각할지도 모르겠지만, 이건 전혀 힘든 게 아니야." 포리츠키가 말했어. "만약 내가 지휘했다면, 다들 밖에 나가서 저 폭격을 맞고 있을 거야. 프로페셔널한 팀을 만드는 유일한 방법은 피투성이로 만드는 거지."

"피투성이, 말씀이십니까?" 내가 말했어.

"몇 명은 죽어야지. 남은 사람들이 배울 수 있도록!" 포리츠키가 말했어. "젠장, 이건 군대도 아니야! 안전수칙이랑 의사가 너무 많아서, 육 년 동안 손에 거스러미가 생기는 것조차 본 적이 없어. 이런 식으로는 프로를 만들어낼 수 없다고."

"만들어낼 수 없지요." 내가 말했어.

"프로는 모든 걸 본 사람이고, 그 무엇에도 놀라지 않는다." 포리츠키가 말했어. "자, 내일이 되면 자네들은 진짜 군인이 무엇인지 보게 될 것이다. 백 년간 아무도 본 적 없는 광경이지. 가스! 쏟아지는 폭탄! 총격전! 총검 결투! 백병전! 자네는 기쁘지 않나, 병사?"

"제가 어떻다고 하셨습니까?" 내가 말했어.

"기쁘지 않으냐고 했다." 포리츠키가 말했어.

난 얼을 보고 다시 대위를 보았어. "아, 네, 그렇습니다." 내가 말했지. 그리고 고개를 아주 천천히 무겁게 끄덕였어. "네, 그렇습니다." 내가 말했어. "네, 정말 그렇습니다."

멋진 신무기가 가득한 세계군에 있을 때 할 수 있는 일은 하나뿐이야. 장교들의 말이 앞뒤가 안 맞더라도 믿어야 해. 그리고 그들은 과학자들이 하는 말을 믿는 수밖에 없어.

상황은 평범한 사람이 이해할 수 있는 범위를 훨씬 넘어섰어. 어쩌면 늘 그랬는지도 모르지. 어떤 질문도 하지 않을 정도로 깊은 믿음을 가져야 한다고 우리 병사들에게 소리치던 사제는 하나 마나 한 말을 한 셈이지.

마침내 타임머신의 도움을 받아 공격할 예정이라고 포리츠키가 말해줬을 때, 나처럼 평범한 병사가 떠올릴 수 있는 똘똘한 생각이란 없었어. 아무 반응 없이 앉아서 내 소총의 대검꽂이만 노려봤어. 군모 앞부분이 총구에 닿을 정도로 몸을 숙이고, 대검꽂이가 세계의 불가사의라도 되는 듯 바라봤어.

타임스크린 중대의 우리 이백 명 모두 큰 대피호에 들어가 포리츠키의 말을 들었어. 그를 보는 병사는 아무도 없었어. 그는 앞으로 일어날 일 때문에 너무나 행복해서, 마치 이게 꿈이 아니란 걸 확인하듯 자기 몸을 만져댔어.

"제군들," 그 미친 대위가 말했어. "공오시에 포병대가 약 18킬로미터 간격으로 조명탄을 두 번 쏠 거다. 그 조명탄이 터지는 곳이 타임머신 빔이 끝나는 곳이다. 우리는 그 두 줄 사이에서 공격할 것이다."

"제군들," 그는 또 말했지. "그 두 줄 사이는 오늘이자 1918년 7월 18일로, 두 시공간이 겹치는 곳이다."

난 대검꽂이에 입을 맞췄어. 기름맛, 쇠맛을 살짝 맛보는 걸 좋아하는데, 그걸 병 음료로 만들어 판 사람은 없었지.

"제군들," 포리츠키가 말했어. "민간인의 머리를 하얗게 세게 할 것들을 보게 될 것이다. 옛날 샤토티에리에서 미국인들이 독일인들에게 반격하던 모습을 보게 될 것이란 말이다." 와, 포리츠키는 정말 행복해했어. "제군들," 그가 말했지. "그 모습은 지옥의 도살장일 것이다."

난 군모가 펌프처럼 움직이도록 고개를 아래위로 까닥거렸어. 군모 안에서 내 이마로 공기가 휙휙 내려오더라고. 이런 순간엔 작은 것들이 굉장히 즐거워지는 법이야.

"제군들," 포리츠키가 말했어. "나는 군인에게 겁먹지 말라고 하는 걸 싫어한다. 군인에게 두려워할 것 없다고 말하는 것도 싫어한다. 그건 군인에 대한 모욕이다. 하지만 과학자들의 말에 따르면 1918년은 우리에게 아무것도 할 수 없고, 우리는 1918년에 아무것도 할 수 없다고 한다. 우리는 그들에게, 그들은 우리에게 유령 같은 존재일 것이다. 우리와 그들은 상대방을 연기처럼 뚫고 걸어서 지나갈 것이다."

난 소총 총구 위를 훅 불었어. 음악소리는 나지 않더군. 다행이지. 소리가 났다면 이 소집을 망쳤을 테니까.

"제군들," 포리츠키가 말했어. "나는 여러분이 1918년으로 가서 좋은 수를 찾아낼 수 있길 바랄 뿐이다. 일어날 수 있는 최악의 상황에 맞서 좋은 방법을 찾아보도록. 여기서 살아남은 자들은 분명 최고의 병사가 될 것이다."

아무도 토를 달지 않았어.

"제군들," 위대하신 군사 과학자께서 계속 말씀하셨어. "1918년의 유령들과 함께 전장을 돌아다니는 우리를 보면 적군에게 어떤 효과가 일어날지 상상할 수 있으리라 믿는다. 적군은 대체 누구에게 총을 쏴야 할지 알 수 없을 것이다." 포리츠키가 웃음을 터뜨리더니 한참 지나서야 진정했어. "제군들," 그가 말했어. "우리는 그 유령놈들을 뚫고 스멀스멀 지나갈 것이다. 적에게 다가갈 땐 그놈이 신에게 빌게 만들어라. 우리가 유령이기를 말이야. 태어난 것 자체를 후회하게 만들어."

그가 말하는 적이란 800미터도 안 되는 곳에 있는, 천조각을 묶은 대나무 기둥들이었어. 포리츠키처럼 대나무와 천조각을 증오할 수 있는 사람이 있다는 사실은 믿을 수도 없을걸.

"제군들," 포리츠키가 말했어. "혹시 무단이탈을 생각하는 사람이 있다면, 지금이 절호의 기회다. 저 조명탄 선을 넘어서 타임머신 빔 바깥으로 가기만 하면 된다. 그럼 정말로 1918년에 가게 된다. 더이상 유령 같은 존재가 아닌 거지. 그리고 빔 밖으로 나간 사람은 다시 돌아올 수 없기 때문에, 그자를 잡으러 갈 만큼 미친 헌병도 없을 거다."

난 소총 가늠자로 앞니 사이를 쑤셨어. 프로페셔널한 군인은 누군가를 두들겨팰 수 있을 때 가장 행복하다는 걸 스스로 깨우쳤지. 내가 절대 그런 수준에 이르지 못하리라는 것도 알았어.

"제군들," 포리츠키가 말했어. "우리 타임스크린 중대의 임무는 과거 그 어떤 중대의 임무와도 다르지 않다. 우리 타임스크린 중대의 임무는 바로 죽이는 것이다! 질문 있나?"

우리는 모두 규율을 들었어. 합리적인 질문을 하는 건 도끼로 자기 어머니를 죽이는 것보다 나쁜 짓임을 알고 있었지. 그래서 질문하는 사람은 아무도 없었어. 있었을 거란 기대는 하지도 마.

"장전." 포리츠키가 말했어.

우린 그렇게 했어.

"총검 장착." 포리츠키가 말했어.

우린 그렇게 했어.

"갈까, 아가씨들?" 포리츠키가 말했어.

아, 그자는 심리학을 훤히 꿰고 있었어. 아마 그게 장교와 사병 사이의 큰 차이인가봐. 우릴 남자라고 부르지 않고 여자라고 불러서, 남자인 우린 너무 화가 나고 눈이 홱 돌아갔거든.

우린 대나무와 천조각을 찢어발겨서 앞으로 수 세기 동안 낚싯대 하나, 조각보 이불 하나도 남지 않도록 할 참이었어.

타임머신 빔 안에 들어가 있으면 감기 걸린 것 같은 기분, 시력이 좋지 않은 다른 사람의 이중 초점 안경을 빌려 쓴 것 같은 기분, 기타 안에 들어가 있는 것 같은 기분을 합친 듯한 기분이 들어. 개량하지 않는 이상, 타임머신은 절대 안전해지지도 인기를 얻지도 못할 거야.

처음에 1918년 사람들은 보이지 않았어. 그들이 파놓은 구멍과 가시철망만 보였어. 이제는 없어진 구멍과 가시철망들이었지. 구멍 위에 유리 천장이라도 덮여 있는 것처럼 그 위를 걸어갈 수 있었어. 가시철망을 뚫고 지나가도 바지가 찢어지는 일은 없었어. 우리 것이 아니라 1918년 것이었으니까.

모든 나라에서 온 군인들 수천 명이 우릴 지켜보고 있었어.

우리가 그들에게 보여준 쇼는 정말 한심했지.

그 타임머신 빔 때문에 우린 속이 메스껍고 눈이 반쯤 먼 상태였어. 원래는 신나게 함성을 지르며 우리가 진짜 프로라는 걸 보여줘야 했지. 하지만 두 줄의 조명탄 사이에 선 우리는 토할까봐 찍소리를 못 냈어. 거칠게 진격해야 했지만, 뭐가 우리 것이고 뭐가 1918년 것인지 알 수 없었어. 있지도 않은 물건을 피해 돌아가고, 있는 물건에 걸려 넘어지곤 했어.

내가 우릴 지켜보는 입장이었다면 코미디 같다고 했을 거야.

난 타임스크린 중대 맨 앞 소대의 맨 앞 분대의 맨 앞 사람이었고, 내 앞에는 단 한 사람뿐이었어. 바로 우리의 고귀한 대위였지.

그는 두려움을 모르는 자신의 대원들에게 딱 한 마디를 외쳤어. 우리를 더욱더 잔인하게 만들기 위해 한 말 같았어. "잘 가라, 보이스카우트들아!" 그가 외쳤어. "어머니께 편지 자주 쓰고, 콧물이 흐르면 닦아!"

그리고 몸을 구부리더니 양쪽 군대 사이의 무인지대로 최대한 빠르게 달려갔어.

난 군인의 명예를 위해 그를 따라가려고 최선을 다했어. 그와 나는 술 취한 사람처럼 계속 넘어졌다가 다시 일어났어. 전장에서 우리 자신을 박살이 나도록 두들겨팬 셈이지.

그는 한 번도 나와 다른 군인들이 잘하고 있는지 돌아보지 않았어. 토할 것처럼 핼쑥한 자기 얼굴을 누구에게도 보여주고 싶지 않은 모양이라고 생각했어. 그에게 우리가 다른 병사들을 멀찍이 따돌렸다고 말하려 했지만, 뛰느라 숨이 너무 가빠서 아무 말도 할 수 없었어.

조명탄이 타오르는 곳까지 왔을 때, 난 그가 남들 눈에 띄지 않는 연기 속으로 들어가 혼자 괴로워하려고 하는가보다고 생각했지.

그를 따라 연기 속으로 들어간 순간, 1918년 사람들이 일제사격을 개시했어.

가련한 옛 세상. 세상은 흔들리고 구르고, 지글거리고 찢어지고, 끓어오르고 타올랐어. 1918년의 흙과 쇳조각이 사방에서 날아와 포리츠키와 나를 통과했어.

"일어나!" 포리츠키가 내게 외쳤어. "이건 1918년 일이야!

널 조금도 다치게 할 수 없어!"

"저들이 절 다치게 할 수 있다면 기꺼이 그랬을 겁니다!" 내가 마주 외쳤어.

그는 내 머리를 걷어찰 듯한 자세를 취했어. "일어나, 병사!"

난 그렇게 했어.

"저 보이스카우트들이 있는 곳으로 돌아가." 그는 우리가 온 방향이 보이는 연기 속 구멍을 가리켰어. 다른 중대원들은 목격자 수천 명에게 프로들이 어떻게 드러누워서 몸을 부들부들 떠는가를 보여주고 있었지. "네가 있을 곳은 저기다." 포리츠키가 말했어. "여기 이건 내 쇼야, 나 혼자 하는."

"잘 못 들었습니다?" 내가 말했지. 난 그와 내 머리를 모두 뚫고 날아가는 1918년의 둥근 돌을 보느라 고개를 돌렸어.

"날 봐!" 그가 외쳤어.

그렇게 했지.

"남자와 소년을 구분하는 건 이런 순간이다, 병사." 그가 말했어.

"네, 그렇습니다. 대위님처럼 빨리 달릴 수 있는 사람은 없습니다."

"달리기 얘기가 아니야." 그가 말했어. "싸우는 얘기다!" 아, 미친 대화였어. 1918년의 예광탄이 우리를 뚫고 날아가기 시작했어.

난 그가 대나무와 천조각을 상대로 싸우는 얘기를 하는 줄 알았어. "다들 몸이 좋지 않습니다만, 대위님, 우리가 이기리라 생각합니다." 내가 말했어.

"난 이 조명탄을 넘어 1918년으로 가는 얘기를 하는 거다!" 그가 소리쳤지. "그렇게 할 만큼 남자다운 사람은 나뿐이야. 이제 여기서 꺼져!"

농담이 아니라는 걸 알 수 있었지. 그는 실제로 깃발을 흔들고 총에 맞으면 멋질 거라고 생각한 거야. 수백 년 전에 끝난 전쟁이지만 말이야. 그는 평화조약서의 잉크가 바래서 더는 읽기 힘들 지경이 된 전쟁에라도 뛰어들어 싸우고 싶어했어.

"대위님," 내가 그에게 말했지. "전 사병에 불과하고, 사병은 넌지시 암시하는 말도 해서는 안 됩니다만, 대위님," 내가 말했어. "별로 좋은 생각이 아닌 것 같습니다."

"난 싸우기 위해 태어났다! 난 속에서부터 녹슬어가고 있다고!" 그가 외쳤어.

"대위님," 내가 말했어. "싸울 만한 가치가 있는 것은 이미 전부 달성되었습니다. 우리에겐 평화가 있고, 자유가 있고, 어디서나 모두가 형제처럼 지내고, 모두 좋은 집에 살면서 일요일마다 닭고기를 먹습니다."

그는 내 말을 듣고 있지 않았어. 타임머신 빔이 끝나는 조명탄 줄 쪽으로 걸어가고 있었지. 조명탄 연기가 가장 자욱한 곳이었어.

그는 1918년으로 영영 가버리기 직전에 멈춰서 무언가를 내려다보았어. 무인지대에 있는 새둥지나 데이지 한 송이를 발견한 걸 거라고 생각했지.

그가 발견한 것은 둥지도 아니고 꽃도 아니었어. 다가가보니 그가 1918년의 폭탄 구멍 위에 마치 공중에 떠 있는 것처럼 서 있는 게 보였어.

그 비참한 구멍엔 죽은 사람 둘, 산 사람 둘, 진흙이 있었어. 죽었다는 건 둘 중 한 명은 머리가 없고 한 명은 두 동강이 났기 때문에 알 수 있었지.

마음이란 게 있다면, 짙은 연기 속에서 그런 걸 보면 우주의 그 무엇도 현실적이지 않게 돼. 세계군은 더이상 없었어. 영원한 평화도 없었어. 인디애나주 루베른도 없었어. 타임머신도 더이상 없었어.

거기엔 오직 포리츠키와 나와 그 구멍뿐이었어.

만약에 내게 아이가 생긴다면 이렇게 말해줄 거야. "얘야, 절대 시간을 갖고 장난치지 마라. 지금은 지금으로, 그때는 그때로 두어라. 만약 짙은 연기 속에서 길을 잃게 된다면, 얘야, 연기가 사라질 때까지 가만히 있으렴. 지금 어디에 있고, 아까 어디에 있었고, 지금 가는 곳이 어디인지 볼 수 있을 때까지 가만히 있어."

그리고 아이를 살짝 흔들어줄 거야. "얘야, 듣고 있니? 아빠 말을 들어라, 아빠가 알고 하는 말이니까."

내 사랑스러운 아이를 보게 될 일은 아마 없을 거야. 하지만 아이를 느껴보고, 냄새를 맡아보고, 아이의 소리를 들어보고 싶어. 맹세컨대 사실이야.

불쌍한 1918년의 사람 넷이 그 구멍 안에서 마치 어항에 든 달팽이들처럼 기어다닌 흔적을 볼 수 있었어. 네 명 모두의 자취가 남아 있었어. 산 사람들 그리고 죽은 사람들.

폭탄이 구멍 안으로 날아들어와 폭발했어.

튀어올랐던 진흙이 내려앉고 나자, 살아 있는 사람은 한 명뿐이었어.

엎드려 있던 그는 돌아누워서 양팔을 털썩 늘어뜨렸어. 마치 1918년에게 자신의 부드러운 부분을 드러내주는 것 같았어. 그렇게 자기를 죽이고 싶으면 쉽게 죽이라고 말이야.

그때 그가 우리를 보았어.

그는 우리가 공중에 떠 있는 걸 보고도 놀라지 않았어. 더는 그 무엇도 그를 놀라게 할 수 없었지. 그는 정말 느리고 어설픈 동작으로 진흙에 파묻힌 자기 소총을 꺼내 우리를 겨눴어. 마치 우리가 누구인지 아는 것처럼, 자신이 우리를 해칠 수 없다는 걸 안다는 듯이 미소를 지었어. 모든 게 농담이라는 듯이.

총구가 진흙으로 완전히 막혀버렸기 때문에 총알이 뚫고 나오기란 불가능했어. 소총은 폭발했지.

그것 역시 전혀 그를 놀라게 하지 않았어. 그가 아파했던 것 같지도 않아. 우리에게 지어 보인 미소, 그 농담에 대한 미소는 그가 죽어서 뒤로 쓰러진 뒤에도 남아 있었어.

1918년의 일제사격이 멈췄어.

먼 곳에서 누군가 휘파람을 휙 불었어.

"왜 울고 있나, 병사?" 포리츠키가 말했어.

"울었는지 몰랐습니다, 대위님." 내가 말했어. 피부가 굉장히 당기는 느낌이었고 눈이 뜨거웠지만, 내가 울고 있는 줄은 몰랐어.

"아까도 울더니 지금도 울고 있잖아." 그가 말했어.

그때 난 정말로 울음을 터뜨렸어. 내가 그저 열여섯 살이라는 것, 몸집이 큰 아기에 불과하다는 걸 분명히 알게 됐어. 난 주저앉아서 다시는 일어나지 않겠다고, 대위가 내 머리를 발로 차서 날려버리는 한이 있더라도 일어나지 않겠다고 맹세했어.

"저기 있다!" 포리츠키가 잔뜩 흥분해서 외쳤어. "봐, 저걸 봐, 병사! 미국인들이야!" 그는 독립기념일이라도 된 것처럼 권총을 쐈어. "저걸 봐!"

그렇게 했어.

백만 명이 타임머신 빔을 지나가는 듯한 모습이었어. 그들은 한쪽의 무無에서 나타났다가, 다른 편으로 건너가면 다시 녹아서 사라져버렸어. 눈은 죽은 사람 같았어. 누군가가 태엽을 감아준 양 두 발을 번갈아가며 내디뎠지.

별안간 포리츠키 대위가 날 무게가 안 나가는 사람처럼 일으켜세웠어. "따라와, 병사. 우리는 저들과 함께 간다!" 그가 외쳤어.

그 미친 사람이 나를 끌고 조명탄 선을 넘었어.

소리지르고 울부짖으며 그를 깨물었지만 이미 너무 늦었어.

더이상 조명탄은 보이지 않았어.

사방에 오직 1918년뿐이었어.

난 영원히 1918년에 있게 된 거야.

그리고 일제사격이 또 한번 있었어. 쇳덩이와 고성능 폭약이 터졌어. 난 살덩이였고, 때는 그때였어. 쇳덩이와 살이 마구 뒤섞였어.

난 여기서 깨어났어.

"지금이 몇 년도죠?" 그들에게 물어보았지.

"1918년이라네, 병사." 그들이 말했어.

"여긴 어딘가요?" 그들에게 물었지.

그들은 대성당을 개조한 병원이라고 말해주었어. 대성당을 볼 수 있다면 좋았을 텐데. 소리가 울리는 걸 들으니 얼마나 높고 큰 곳인지 알 수 있었어.

난 영웅이 아니야.

주위에 온통 영웅들이었기 때문에 내 경력을 조금도 부풀리지 않았어. 누굴 총검으로 찌르거나 총으로 쏴본 적이 한 번도 없고, 수류탄을 던져본 적도 없고, 그 끔찍한 구멍에 있던 사람들이 독일인이 아니었다면 독일인을 본 적조차 없어.

영웅들이 나 같은 놈 옆에 누워 있지 않도록, 영웅들을 위한 특별 병원을 만들었어야 했는데.

새로운 사람이 내 얘기를 들으러 오면, 내가 폭약에 맞기 십 초 전까지는 전쟁에 참전하지도 않았다는 것부터 늘 먼저 말해. "전 이 세상을 민주주의를 위한 안전한 곳으로 만들기 위해 한 일이 아무것도 없어요." 내가 그들에게 말했어. "맞았을 때 전 아기처럼 울면서 대위를 죽이려 했어요. 만약 그가 총을 맞고 죽지 않았다면 아마 내가 죽였을 거예요. 그리고 그는 나와 같은 미국인이었어요."

정말 그랬을 거야.

그리고 나는 조금이라도 기회가 있다면 탈영해서 2037년으로 도망가고 싶다는 말도 하지.

군법을 두 가지 어긴 거야.

하지만 이곳의 모든 영웅들은 신경쓰지 않는 것 같아. "괜찮아, 친구." 그들이 말했지. "그냥 계속 얘기해. 누가 널 군법 재판에 세우려고 하면, 우리 모두 네가 맨손으로 독일인들을 죽이는 걸 봤다고 맹세할게. 네 귀에선 불이 튀어나오고 있었고."

그들은 내 이야기 듣는 걸 좋아해.

그래서 난 박쥐처럼 장님이 된 채 여기 누워서, 어쩌다 여기 오게 됐는지 얘기해. 내 머릿속에서 너무나 선명하게 볼 수 있는 것들을 얘기해. 세계군, 어디서나 모두가 형제처럼 지내는 것, 영원한 평화, 아무도 굶주리지 않고 누구도 두려워하지 않는 세상.

그래서 나한테 별명이 붙었어. 병원에 있는 사람 중 내 진짜 이름을 아는 사람은 거의 아무도 없어. 누가 처음 생각해낸 건진 몰라도, 모두 나를 '멋진 날'이라고 불러.

다윈은 전쟁과 집단학살에 과학적 특징을 부여했다.

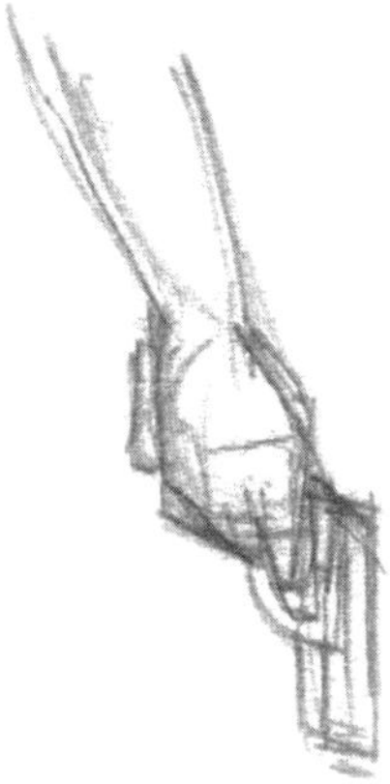

버터보다 총

I.

“구운 닭을 조각조각 잘라서 녹인 버터와 올리브오일을 넣고 달궈진 스튜용 냄비에서 노릇노릇하게 굽는 거야.” 도니니 이병이 말했다. 잠시 생각에 잠기더니 덧붙였다. “좋은 냄비를 잘 달궈서 써야 돼.”

“잠깐 기다려.” 콜먼 이병이 작은 수첩에 미친듯이 받아 적으며 물었다. “닭은 얼마나 커?”

“2킬로그램 정도.”

“몇 인분이야?” 닙태시 이병이 날카롭게 물었다.

“네 명이 먹기 충분해.” 도니니가 대답했다.

“닭에는 뼈가 많다는 걸 잊지 마.” 닙태시가 못 믿겠다는 듯 말했다.

도니니는 미식가였다. 님태시에게 이 요리 저 요리 만드는 법을 말해줄 때면 '돼지 목에 진주'라는 표현이 떠오를 때가 많았다. 님태시는 맛이나 향은 안중에도 없었다. 오로지 무지막지한 영양분, 칼로리 블록버스터만 원했다. 님태시는 수첩에 요리법을 받아 적다가 양이 너무 적은 듯해 모든 재료의 양을 두 배로 늘리고 싶었다. "원한다면 너 혼자 다 먹어도 난 상관없어." 도니니가 차분한 목소리로 말했다.

"좋아, 좋아, 그래서 그다음엔 어떻게 해?" 콜먼이 연필을 쥐고 물었다.

"조각을 위아래로 오 분 정도씩 노릇노릇하게 굽고, 다진 샐러리, 양파, 당근을 넣어. 그리고 양념을 해." 도니니는 맛을 보는 것처럼 입술을 오므렸다. "그러고서 약불에 두고 셰리주와 토마토 페이스트 섞은 걸 넣어. 뚜껑을 덮어. 삼십 분 정도 끓인 다음에……" 도니니가 말을 멈추었다. 콜먼과 님태시는 받아 적던 것을 그만두고 벽에 기대 눈을 감은 채 듣고 있었다.

"맛있겠다." 님태시가 꿈꾸듯이 말했다. "내가 미국에 돌아가면 뭘 제일 먼저 먹을 건지 알아?"

도니니는 속으로 신음소리를 냈다. 그는 알고 있었다. 이제껏 백 번쯤 들었으니. 님태시는 이 세상에 자신의 배고픔을 채워줄 수 있는 요리가 없다고 확신했기 때문에, 음식계의 괴물이라 할 만한 요리 한 가지를 스스로 만들어냈다.

"먼저," 닙태시가 거칠게 말했다. "팬케이크 열두 장을 주문할 거야. 여기요, 팬케이크 열두 장 주세요." 그는 상상 속의 웨이트리스에게 말했다. "열두 장이요! 그리고 사이사이에 달걀프라이를 하나씩 넣어서 쌓아주세요. 그다음엔 어떻게 할 건지 알아?"

"위에 꿀을 붓지!" 콜먼이 말했다. 콜먼의 식욕 역시 닙태시처럼 야만스러웠다.

"정답!" 닙태시가 눈동자를 빛내며 말했다.

"어휴." 머리가 벗어진 독일인 경비병 클라인한스 상병이 별 관심 없다는 듯 말했다. 도니니는 그가 예순다섯 살 정도일 거라고 짐작했다. 클라인한스는 생각에 잠겨 멍하니 있을 때가 많았다. 나치 때문에 사막이 되어버린 독일에서 연민과 비효율의 오아시스 같은 사람이었다. 그는 리버풀에서 사 년간 웨이터로 일하면서 괜찮은 영어 실력을 갖추게 되었다고 했다. 영국에서 있었던 일은 입에 올리지 않았다. 영국인들이 자기에게 적당한 양보다 훨씬 많이 먹더라는 말 이외에는.

클라인한스는 카이저 빌헬름 황제 같은 콧수염을 비틀며 낡은 180센티미터짜리 소총을 지지대삼아 일어났다. "너희는 음식 얘기를 너무 많이 해. 미국인들은 그래서 전쟁에 지게 될 거야. 너희는 다들 너무 연약해." 그가 비난하듯 닙태시를 쳐다보았다. 닙태시는 아직도 상상 속의 팬케이크, 달걀, 꿀에 푹 빠져 있었다. "자, 자, 다시 일해야지." 명령이 아니라 제안이었다.

미국 병사 셋은 독일 드레스덴에서 박살난 석조와 목재 틈바구니, 지붕도 없고 뼈대만 남은 건물에 가만히 앉아 있었다. 때는 1945년 3월 초. 닙태시, 도니니, 콜먼은 전쟁포로였다. 클라인한스 상병은 그들의 경비병이었다. 그의 임무는 포로들에게 도시의 잔해 수십억 톤을 하나하나씩 날라 질서정연한 돌무더기로 부지런히 만드는 일을 시키는 것이었다. 존재하지도 않는 차량의 길을 막지 않기 위해서였다. 명목상으로, 이 세 미국 병사는 수용소 규칙을 약간 어긴 죄로 벌을 받는 중이었다. 실제로는, 게으른 클라인한스의 슬프고 푸른 눈 아래에서 감시를 받으며 매일 아침 거리로 일하러 나오는 것이 가시철조망 안에 있는 행실이 더 나은 동료들의 운명보다 낫지도, 나쁘지도 않았다. 클라인한스가 이 셋에게 장교들이 지나갈 때만 바쁜 척을 하라고 시켰기 때문이다.

간신히 존재하고 있는 셈인 전쟁포로 신세에, 그들의 기분에 조금이라도 영향을 줄 수 있는 유일한 것은 음식이었다. 패튼 장군은 수백 킬로미터 떨어진 곳에 있었다. 진격해오는 육군 제3군단에 대해 닙태시, 도니니, 콜먼이 얘기하는 것을 누군가 들었다면, 아마 보병과 탱크가 아니라 취사반장과 배식차량이 이끄는 군대일 거라고 생각했으리라.

"이리 와, 이리 와." 클라인한스 상병이 다시 불렀다. 그는 잘

맞지 않는 군복에 묻은 회반죽 먼지를 털었다. 늙은이들로 구성된 한심한 군대인 시민군의 얇은 싸구려 회색 군복이었다. 그는 손목시계를 보았다. 먹을 것 없는 점심시간 삼십 분이 끝나 있었다.

도니니는 가슴팍 주머니에 수첩을 넣기 전에 일 분 동안 슬픈 동경의 눈빛으로 수첩을 넘겨 보고 힘겹게 일어났다.

수첩을 펴는 일이 유행이 된 건 도니니가 콜먼에게 피자 만드는 법을 설명할 때 시작되었다. 콜먼은 폭격당한 문구점에서 가져온 수첩에 요리법을 적었다. 어찌나 흡족스러웠는지, 곧 세 병사 모두 무언가에 사로잡힌 사람처럼 수첩에 요리법을 가득 적어넣게 되었다. 음식의 상징들을 적다보면 왠지 진짜 음식에 훨씬 가까워진 것 같았다.

각자 자신의 수첩을 몇 개 챕터로 나누었다. 예를 들어 닙태시에겐 크게 네 챕터가 있었다. '내가 먹어볼 디저트' '맛있는 고기 요리법' '간식' '기차 등등'*이었다.

콜먼은 클라인한스를 노려보며 계속해서 자기 수첩에 열심히 또박또박 적어나갔다. "셰리주는 얼마나 넣어?"

"드라이 셰리주로. 반드시 드라이여야 해." 도니니가 말했다. "4분의 3컵 정도." 그는 닙태시가 수첩에 무언가를 썼다가 지우

* '기타 등등'을 뜻하는 miscellaneous를 missalanious로 표기함.

는 것을 보았다. "뭐야? 왜 셰리주 4리터로 바꾸고 있어?"

"아냐. 그 요리법은 적지도 않았어. 다른 걸 바꾼 거야. 내가 제일 먼저 먹을 음식에서 마음을 바꾼 게 있어서." 닙태시가 말했다.

"그게 뭔데?" 콜먼이 혹해서 물어보았다.

도니니는 움찔했다. 클라인한스도 그랬다. 수첩은 도니니와 닙태시 사이의 정신적 갈등을 고조하고 둘의 차이를 극명하게 드러냈다. 닙태시가 제안하는 요리법들은 그 자리에서 떠올린 이색적인 것들이었다. 반면 도니니의 요리법은 구석구석까지 정확했고 예술적이었다. 콜먼은 그 중간이었다. 그것은 미식 대 폭식, 예술가 대 물질주의자, 미인 대 야수였다. 도니니는 클라인한스라도 좋으니 동료가 있는 것이 고마웠다.

"아직 말하지 마." 콜먼이 수첩을 넘기며 말했다. "첫 페이지를 찾을 때까지 기다려." 수첩에서 가장 중요한 부분은 단연 첫 페이지였다. 그들은 첫 페이지에 자신이 가장 먹고 싶은 요리를 적자고 합의했다. 도니니는 아니트라 알 코냑, 즉 브랜디로 조리한 오리고기 요리법을 애정을 담아 써놓았다. 닙태시는 그 영광의 자리를 자신의 끔찍한 팬케이크에 바쳤다. 콜먼은 고민 끝에 설탕에 조린 고구마와 햄을 골랐지만 확신이 없어 다른 사람들에게 설득당했다. 도저히 결심할 수 없었던 그는 닙태시와 도니니가 고른 두 가지를 전부 첫 페이지에 적고 결정을 뒤로 미루었다. 지금은 닙태시가 자신이 만든 잔혹한 음식을 수정하면서 그를 감질나게 하고 있었다. 도니니가 한숨을 쉬었다. 콜먼은 귀가 얇았다. 어쩌면 닙태시가 새로 바꿀 내용 때문에 아니트라 알 코냑을 완전히 버리게 될지도 모른다.

"꿀은 뺄래." 닙태시가 단호하게 말했다. "꿀을 뿌리면 어떨까 생각해본 거였어. 이젠 잘못된 선택이라는 걸 알겠어. 달걀이랑 안 어울려, 꿀은 달걀이랑 안 어울려."

콜먼은 꿀을 지웠다. "그러면?" 그리고 기대에 차서 물었다.

"뜨거운 퍼지를 위에 얹겠어." 닙태시가 말했다. "제일 위에 뜨거운 퍼지를 듬뿍 얹으면 녹아서 퍼져나갈 거야."

"ㅇㅇㅇㅇㅇㅇㅇ음." 콜먼이 말했다.

"음식, 음식, 음식." 클라인한스 상병이 투덜거렸다. "여기서 매일 하루종일 음식 얘기만 듣고 있다니! 일어나. 일해! 너희들, 그 빌어먹을 수첩들. 그건 약탈한 물건이잖아. 그 죄로 너희들을 쏴 죽일 수도 있어." 그는 눈을 감고 한숨을 내쉬었다. "음식." 그는 부드럽게 말했다. "음식 얘기를 하고, 그걸 적는 게 무슨 소용이 있나? 여자 얘기를 해. 음악 얘기를 해. 독한 술 얘기를 하라고." 그는 팔을 뻗고 하늘을 향해 탄원했다. "하루종일 요리법만 주고받는 이놈들이 무슨 군인입니까?"

"배고프지 않아요? 음식 얘기가 나쁠 게 뭐가 있어요?" 닙태시가 말했다.

"난 먹을 게 충분해." 클라인한스가 무심코 대답했다.

"하루에 흑빵 여섯 쪽과 수프 세 그릇. 그게 충분하다고요?" 콜먼이 말했다.

"그 정도면 많은 거지." 클라인한스가 우겼다. "몸이 더 나아진 것 같아. 전쟁 전엔 과체중이었어. 지금은 젊었을 때처럼 날씬해졌지. 전쟁 전엔 다들 과체중이었지, 살기 위해 먹는 게 아니라 먹기 위해 살았다고." 그는 힘없는 미소를 지었다. "독일은 이렇게 건강했던 적이 없어."

"네, 그래도 배는 고프지 않아요?" 닙태시가 집요하게 물었다.

"음식은 내 인생의 유일한 요소도 아니고, 가장 중요한 것도 아니야." 클라인한스가 말했다. "자 이제, 다들 일어나!"

닙태시와 콜먼은 마지못해 일어섰다. "아저씨 총구에 회반죽 같은 게 끼였어요." 콜먼이 말했다. 그들은 어수선한 거리로 느릿느릿 돌아갔다. 클라인한스는 맨 뒤에서 걸으며 성냥개비로 소총 총구에 낀 회반죽을 빼내며 계속해서 수첩에 대해 나무랐다.

도니니가 수백만 개의 돌 중 작은 돌을 집어들고 연석 쪽으로 와서 클라인한스 발치에 놓았다. 그는 양손을 자기 엉덩이에 넣고 잠시 쉬다 말했다. "더워요."

"일하기 딱 좋지." 클라인한스가 말하고는 연석에 앉았다. 긴 침묵이 흐른 뒤 그가 도니니에게 물었다. "민간인이었을 때 뭘 했어? 요리사였어?"

"뉴욕에서 이탈리아 식당을 운영하는 아버지를 도왔어요."

"난 브레슬라우에서 식당을 잠깐 했지." 클라인한스가 말했다. "옛날 일이야." 그러고는 한숨을 쉬었다. "독일인들이 기름진 음식을 배불리 먹는 데 얼마나 많은 시간과 힘을 쏟았는지 지금 와서 생각하면 어리석게 느껴져. 정말 어리석게 낭비했지." 클라인한스가 도니니 뒤쪽을 쏘아보며 콜먼과 닙태시를 향해 손가락을 까닥여 보였다. 둘은 한 손에 야구공 크기의 돌멩이를, 다른 손에는 수첩을 들고 길 한가운데에 서 있었다.

"거기 사워크림이 들어갔던 것 같아." 콜먼이 말하고 있었다.

"그 수첩들 치워!" 클라인한스가 명령했다. "여자친구 없어? 여자친구 얘길 해!"

"당연히 여자친구 있죠." 콜먼이 짜증난다는 듯이 말했다. "이름이 메리예요."

"네 여자친구에 대해 아는 게 그게 전부야?" 클라인한스가 말했다.

콜먼은 영문을 모르겠다는 표정이었다. "성은 피스크예요, 메리 피스크."

"음, 그 메리 피스크는 예뻐? 직업이 뭐야?"

콜먼은 생각에 잠겨 눈을 가늘게 떴다. "전에 메리네 집에 가서 메리가 위층에서 내려오길 기다리며 메리 어머니가 레몬 머랭 파이 만드시는 걸 지켜봤는데. 설탕이랑 옥수수전분에 소금을 조금만 넣고, 물을 몇 컵 부어서 섞은 다음에……"

"제발, 음악 얘기하자. 음악 좋아해?" 클라인한스가 말했다.

"그다음엔 어떻게 하셨어?" 님태시가 물었다. 그는 돌멩이를 내려놓고 자기 수첩에 적고 있었다. "달걀도 넣으셨지?"

"제발, 얘들아, 그만 좀." 클라인한스가 빌었다.

"물론 달걀도 들어가지." 콜먼이 말했다. "그리고 버터도. 버터랑 달걀을 듬뿍 넣어야 돼."

II.

클라인한스가 시시콜콜한 요리법들을 듣지 않게 해달라고 애원했으나 거부당한 날로부터 나흘 후, 님태시가 지하실에서 크레용을 발견했다.

그날 아침 거리로 나섰을 때 클라인한스는 기분이 몹시 좋지 않았고, 자기가 담당하는 세 포로가 발을 맞추지 않고 주머니에 손을 넣은 채로 행군한다며 분노했다. "음식 얘기를 실컷, 실컷 떠들어봐, 계집애들아." 그는 포로들을 조롱했다. "이제 난 듣지 않아도 되니까!" 그러고는 탄창 주머니에서 의기양양하게 솜뭉치 두 개를 꺼내 귀를 틀어막았다. "이제 나 혼자 생각할 수 있거든. 하하!"

정오가 되자 닙태시는 폭격으로 무너진 집의 지하 저장고로 숨어들어갔다. 자기 집의 아늑한 지하 저장고처럼 보존식품을 담은 유리병이 죽 늘어서 있는 선반이 있지 않을까 하는 기대 때문이었다. 그는 더러워지고 낙담한 모습으로 올라오며 시험 삼아 녹색 크레용을 씹어보았다.

"맛이 어때?" 콜먼은 닙태시가 왼손에 든 노랑, 보라, 분홍, 주홍색의 크레용을 바라보며 기대감에 차 물었다.

"환상적이야. 무슨 맛을 줄까? 레몬? 포도? 딸기?" 그는 크레용을 땅에 던지고 그쪽을 향해 씹던 녹색 크레용을 내뱉었다.

다시 점심시간이 되었고, 클라인한스는 포로들에게 등을 돌리고 앉아 이리저리 갈라진 드레스덴의 지평선을 바라보며 생각에 잠겼다. 흰 뭉치 두 개가 그의 양쪽 귀에서 빠져나왔다.

"지금 뭘 먹으면 좋을지 알아?" 도니니가 말했다.

"견과류랑 마시멜로 토핑을 얹은 핫 퍼지 아이스크림." 콜먼이 즉시 대답했다.

"체리도." 닙태시가 말했다.

"스피에디니 알라 로마나!" 도니니가 눈을 감고 속삭였다.

닙태시와 콜먼이 수첩을 휙 꺼냈다.

도니니는 자기 손끝에 입을 맞추었다. "로마식 다진 소고기 꼬치 요리야. 다진 소고기 1파운드, 달걀 두 개, 로마노치즈 세 큰술, 그리고……"

"몇 인분이야?" 닙태시가 따져 물었다.

"성인 육 인분, 아니면 돼지 반 마리 분량."

"어떻게 생긴 요리야?" 콜먼이 물었다.

"음, 꼬치에 이것저것을 함께 꿴 요리야." 도니니는 클라인한스가 귀마개를 빼자마자 다시 끼우는 것을 보았다. "설명하기가 좀 힘든데." 머리를 긁던 그의 시선이 크레용을 향했다. 그리고 노란색 크레용을 집어서 그리기 시작했다. 곧 흥미를 느끼고 다른 크레용들을 사용해 미묘한 음영과 밝은 부분을 더했다. 마침내 배경으로 체크무늬 테이블보까지 그려넣고는 콜먼에게 건넸다.

"ㅇㅇㅇㅇㅇㅇㅇㅇㅇ음." 콜먼이 고개를 흔들고 입술을 핥으며 말했다.

"와!" 닙태시가 감탄하며 말했다. "이 녀석들 그림 밖으로 튀어나올 것 같은데!"

콜먼은 간절한 표정으로 수첩을 내밀었다. 그가 펼친 페이지에는 '케이크'라는 직접적인 제목이 붙어 있었다. "레이디 볼티모어 케이크 그려줄 수 있어? 알지? 위에 체리를 얹은 흰 케이크."

도니니는 기꺼이 시도해보았고, 결과가 성공적이어서 한껏 고무됐다. 먹음직스러워 보이는 케이크였고, 그는 케이크 위에 장식용 분홍색 설탕 글씨를 덧붙여주었다. "콜먼 이병, 집에 온 것을 환영합니다!"

"난 팬케이크 쌓은 거 그려줘. 열두 장짜리." 닙태시가 보챘다. "여기요, 팬케이크 열두 장 주세요. 열두 장이요!" 도니니는 못마땅한 듯 고개를 가로저었지만 이내 밑그림을 그리기 시작했다.

"내 것을 클라인한스한테 보여줄 거야." 콜먼이 레이디 볼티모어 케이크를 든 팔을 쭉 뻗고 행복한 듯 말했다.

"이제 위에 퍼지를 얹어." 닙태시가 도니니의 목덜미에 숨을 내뿜으며 말했다.

"아흐! 멘쉬!"* 클라인한스 상병이 고함을 질렀고, 콜먼의 수첩은 상처받은 새처럼 옆집의 어지러운 잔해 쪽으로 날아갔다. "점심시간 끝이다!" 그가 도니니와 닙태시에게 성큼성큼 걸어와서 수첩들을 빼앗아 자기 가슴팍의 주머니에 넣고 말했다. "이제 예쁜 그림을 그리고들 있구나! 다시 일하는 거다, 알겠나?" 그는 과장된 동작으로 소총 끝에 엄청나게 큰 총검을 달았다. "가! 로스!**"

"저 사람 대체 왜 저래?" 닙태시가 말했다.

"그냥 케이크 그림을 보여줬을 뿐인데 버럭 화를 내잖아." 콜먼이 투덜거렸다. "나치 같으니." 숨을 죽이고 덧붙였다.

* 독일어로 '야, 이놈아!'.

** 독일어로 '꺼져!'.

도니니는 크레용을 모아 주머니에 넣고, 클라인한스가 휙휙 휘두르는 무시무시한 칼을 피했다.

"제네바조약에는 수용의 대가로 이병은 노동해야 한다고 되어 있다. 일해!" 클라인한스는 셋 중 하나라도 입을 열려는 기미가 보이면 짖듯이 명령을 내렸다. "너! 도니니! 여기로 와서 이 스파게티 그릇 들어." 그가 발끝으로 커다란 돌덩이를 가리키며 말했다. 그리고 길 건너편에 떨어져 있는 가로세로 3미터가 넘는 서까래로 성큼성큼 걸어갔다. "친애하는 넙태시, 콜먼," 그는 손뼉을 치며 흥얼거리듯 말했다. "자네들이 꿈꿔온 초콜릿 에클레어가 있군. 각자 한 개씩 먹을 수 있겠어." 그러고선 콜먼의 코앞에 얼굴을 들이밀고 속삭였다. "생크림도 올라가 있네."

그날 저녁 수용소 안으로 어기적거리며 들어온 그들은 몹시 시무룩한 모습이었다. 도니니와 넙태시, 콜먼은 끔찍한 중노동과 가차 없는 규율에 시달린 것처럼 보이게 하려고 꼭 다리를 조금 저는 척했었다. 그러면 클라인한스는 비틀거리며 정문을 통과하는 그들을 비난하는 투로 그럴싸한 모습을 연출하곤 했다. 지금은 전과 비슷한 모습이었지만, 그들이 보여주는 비극은 진짜였다.

클라인한스는 병영 문을 홱 열고 고압적으로 손을 흔들어 그들에게 들어가라고 했다.

"아흐퉁!"* 안에서 높은 목소리가 울렸다. 도니니와 콜먼, 넙태시는 구부정한 몸으로 멈춰 섰다. 그들의 뒤꿈치가 서로서로 거의 닿다시피 했다. 클라인한스 상병은 발뒷굽 부딪는 소리와 가죽 치는 소리를 내며 소총 개머리판을 바닥에 쿵 내려놓고, 노쇠한 허리를 최대한 곧게 펴고 몸을 떨며 섰다. 독일군 장교의 불심 사찰이었다. 한 달에 한 번 정도 이런 일이 있었다. 죽 늘어선 포로들 앞에 모피 칼라 코트를 입고 검은 부츠를 신은 키 작은 대령이 다리를 딱 벌린 채 서 있었다. 그 옆에는 뚱뚱한 경비병 병장이 서 있었다. 모두 클라인한스 상병과 그가 데려온 포로들을 쳐다보았다.

대령이 독일어로 물었다. "음, 이자들은 뭔가?"

병장이 다급히 손짓해가며 설명했다. 그의 갈색 눈은 대령에게 적절한 조치였음을 인정해달라고 애걸하고 있었다.

대령은 양손을 뒷짐진 채 시멘트 바닥을 천천히 질러와서 넙태시 앞에 멈추었다. "너는 나쁜 놈이어치, 응?"

"네, 그렇습니다." 넙태시는 간략하게 대답했다.

"이체 후회하나?"

"네, 물론입니다."

"좋아." 대령은 그들 셋 주위를 몇 바퀴 돌며 혼자 콧노래를

* 독일어로 '주목!' '차렷!'.

부르다가 잠시 멈춰 도니니의 셔츠 옷감을 손가락으로 만져보았다. "내카 영어로 말하면 이해가 되나?"

"네, 아주 정확합니다." 도니니가 말했다.

"내카 미쿡 어느 통네 어캉을 쓰나?" 그가 기대하는 목소리로 물었다.

"밀워키 억양입니다. 저는 밀워키 출신이신 줄로만 알았습니다."

"밀워키에서 칸첩을 해도 퇴게쿤." 대령은 자랑스러운 듯 병장에게 말했다. 갑자기 그의 눈길이 클라인한스 상병을 향했다. 클라인한스의 가슴팍이 바로 그의 눈높이 아래에 있었다. 그의 쾌활함이 싹 가셨다. 그는 성큼성큼 걸어가 클라인한스의 정면에 서더니 독일어로 말했다. "상병! 자네 윗옷 주머니 단추가 열려 있네!"

클라인한스의 눈이 커졌다. 꼴사납게 열려 있는 주머니 덮개에 손을 뻗어 정신없이 잠그려 했지만 손이 단추에 닿지 않았다.

"주머니에 뭔가 있군!" 대령은 얼굴을 붉히며 말했다. "그게 문제야. 꺼내봐!"

클라인한스는 주머니에서 수첩 두 권을 꺼내고 단추를 채웠다. 그는 안도의 한숨을 내쉬었다.

"그 수첩에는 뭐가 있나, 응? 포로들 명단이겠지. 벌점을 기록해두었나? 보여주게." 대령은 클라인한스의 힘없는 손가락에서 수첩을 낚아챘다. 클라인한스가 눈을 흡떴다.

"이게 뭔가?" 대령은 높은 목소리로 믿을 수 없다는 듯 물었다. 클라인한스는 대답하려 했다. "조용히, 상병!" 대령이 눈썹을 치켜세우더니 병장도 볼 수 있도록 수첩 한 권을 들어 보였다. "내카 칩에 카면 체일 먼처 머코 시픈 컷." 그는 천천히 읽으며 고개를 저었다. "아! '팬케이크 열두 장 사이사이에 달걀 프라이를 넣은 컷!' 오! '크리코 콕태기에 트거운 퍼지!'" 그는 클라인한스를 돌아보았다. "자네가 원하는 게 이건가, 불쌍한 친구?" 그가 독일어로 말했다. "그리고 그림도 그려놨군, 예쁘게도 그렸어. 으으음." 그는 클라인한스의 어깨에 손을 뻗었다. "상병들은 언제나 전쟁 생각만 해야 한다. 이병들은 뭐든 — 여자, 음식, 그런 좋은 것들 — 생각해도 돼, 상병이 시키는 대로만 한다면 말이야." 대령은 솜씨 좋게, 마치 전에 많이 해본 듯한 재빠른 솜씨로, 클라인한스 어깨에 붙은 은빛 견장 밑에 엄지손톱을 밀어넣었다. 날아간 견장은 병영 저쪽 끝의 벽에 자갈처럼 부딪히고 떨어져 굴렀다. "이병이 되다니 정말 행운이군."

클라인한스는 다시 한번 말할 기회를 얻고자 헛기침을 했다.

"조용히, 이병!" 키 작은 대령은 거들먹거리는 걸음으로 병영에서 나가며 수첩을 갈기갈기 찢었다.

III.

도니니는 꺼림칙한 기분이었고, 닙태시와 콜먼 역시 마찬가지라는 것을 알고 있었다. 클라인한스가 강등되고 난 이튿날 아침이었다. 겉으로 클라인한스는 전혀 달라 보이지 않았다. 걸음걸이는 언제나처럼 날랬고, 맑은 공기와 폐허를 뚫고 올라오는 봄의 조짐에서 여전히 기쁨을 느낄 수 있는 듯 보였다.

벌써 삼 주 동안 일을 했어도 아직 자전거조차 지나갈 수 없는 거리에 도착했을 때, 클라인한스는 어제 오후처럼 그들을 을러대지 않았다. 그전에 늘 하던 바쁜 척하라는 말도 없었다. 그 대신 평소 점심시간을 보내는 건물 폐허 안으로 곧장 세 포로를 데리고 가서 앉으라는 손짓을 했다. 클라인한스는 졸려 보였다. 미국 병사 셋은 말없이 앉아 양심의 가책으로 괴로워했다.

"저희 때문에 견장을 잃게 해서 정말 죄송해요." 마침내 도니니가 말했다.

"이병이 된다는 건 행운이지." 클라인한스가 침울한 목소리로 말했다. "전쟁을 두 번 겪고서야 상병이 됐어. 그런데 지금은," 그는 손가락을 딱 튕겼다. "훅, 사라졌어. 요리책은 페어보텐*."

"여기요." 닙태시가 떨리는 목소리로 말했다. "담배 피우실래

* 독일어로 '금지'.

요? 헝가리 담배가 한 개비 있어요." 그는 소중한 담배를 내밀었다.

클라인한스는 힘없이 미소 지었다. "돌려 피우지." 그는 담배에 불을 붙여 한 모금 빤 다음 도니니에게 건넸다.

"헝가리 담배는 어디서 났어?" 콜먼이 물었다.

"헝가리 사람한테서." 닙태시는 바지 밑단을 걷어 보였다. "내 양말이랑 바꿨어."

그들은 담배를 다 피우고 돌벽에 기댔다. 클라인한스는 아직도 일 이야기는 전혀 하지 않았다. 다시 생각에 잠겨 먼 곳에 있는 듯한 모습이 되었다.

"너희들 이제 음식 얘기는 안 해?" 또다시 긴 침묵이 흐른 뒤 클라인한스가 말했다.

"견장을 잃으셨는데 또 그럴 순 없죠." 닙태시가 진지하게 말했다.

클라인한스는 고개를 끄덕였다. "괜찮아. 얻기 쉬우면 잃기도 쉬운 법." 그는 입술을 핥았다. "이제 곧, 이건 다 끝날 거야." 그러고선 등을 기대고 기지개를 폈다. "너희들, 끝나는 날에 내가 뭘 할 건지 알아?" 클라인한스 이병은 눈을 감았다. "소고기 어깻살 3파운드를 가져다 베이컨 라드를 바를 거야. 그리고 마늘, 소금, 후추로 문지른 다음, 화이트 와인과 물을 담은 오지항아리에 재워두는 거지." 그의 목소리가 거칠어졌다. "양파와 월

계수잎과 설탕도 넣어야지." 그러고는 일어섰다. "통후추도! 열흘이 지나면 먹을 수 있지!"

"그게 뭔데요?" 콜먼은 수첩을 넣어두던 곳을 더듬으며 흥분한 목소리로 물었다.

"자우어브라텐!" 클라인한스가 외쳤다.

"몇 인분이에요?" 닙태시가 물었다.

"두 명 먹을 것밖에 없어, 미안해." 클라인한스는 도니니의 어깨에 손을 얹었다. "굶주린 예술가 둘이 먹기엔 충분한 자우어브라텐이지, 안 그래, 도니니?" 그러고는 닙태시에게 찡긋해 보였다. "자네와 콜먼에게는 아주 든든한 음식을 만들어주지. 사이사이에 얇게 저민 대령을 넣은 팬케이크 열두 장은 어때, 위에는 뜨거운 퍼지를 듬뿍 얹고 말이야. 응?"

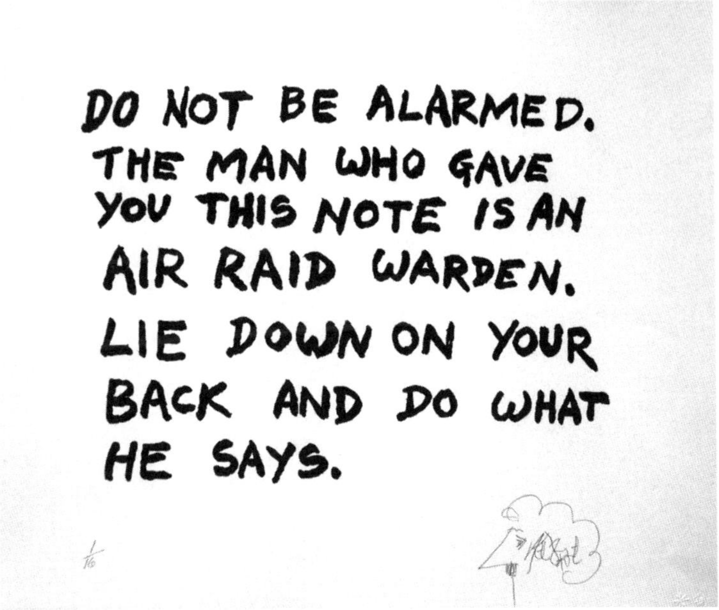

놀라지 마세요.
당신에게 이 쪽지를 준 사람은 공습 대피 지도원입니다.
똑바로 누워서 그가 시키는 대로 하세요.

1951년의 행복한 생일

"여름은 생일을 맞기에 좋은 때지." 노인이 말했다. "너 좋을 대로 정할 수 있으니까 여름으로 고르지 그러니?" 노인은 엄지에 침을 묻히고는 군인들이 작성하라고 한 서류 뭉치를 뒤적였다. 생년월일을 넣지 않고 작성할 수 있는 서류는 하나도 없었다. 소년의 생년월일을 정해야 했다.

"원한다면 오늘을 네 생일로 할 수도 있단다." 노인이 말했다.

"아침에 비 왔잖아요." 소년이 말했다.

"그래, 그러면 내일로 하자. 구름이 남쪽으로 내려가고 있어. 내일은 하루종일 해가 비칠 게다."

아침에 내린 폭풍우를 피할 곳을 찾던 군인들이, 노인과 소년이 칠 년간 아무 서류도 없이, 말하자면 살아 있어도 좋다는 공식적인 허가 없이 기적 중의 기적처럼 살아왔던 은신처를 찾아냈다. 군인들은 서류가 없는 사람은 음식이나 피신처나 옷을 제공받을 수 없다고 했다. 하지만 노인과 소년은 박살난 도시 아래의 지하 묘지 같은 저장고를 파헤치고, 밤중에 좀도둑질을 해서 그 세 가지 모두를 구해왔다.

"왜 떨고 계세요?" 소년이 말했다.

"늙었기 때문이지. 노인은 군인을 보면 겁이 난단다."

"난 겁 안 나요." 소년이 말했다. 소년은 자신들의 지하 세계에 사람들이 갑자기 침범해 들어와서 들떠 있었다. 소년은 지하 저장고 창문으로 비쳐 들어오는 가느다란 빛줄기에 반짝이는 금빛 물건을 들어 보였다. "보이세요? 군인 한 명이 놋쇠 단추를 줬어요."

군인들을 두려워할 것은 없었다. 노인은 너무 늙고 아이는 너무 어렸기 때문에 군인들은 이 둘을 장난스러운 눈빛으로 보았다. 도시 전체에서 전쟁 때부터 자신들의 존재를 그 어디에도 기록하지 않고, 어떤 예방접종도 받지 않고, 그 무엇에도 충성을 맹세하지 않고, 무엇을 포기하거나 사과한 적도 없고, 투표를 하거나 행진을 한 적 없는 사람은 이 둘뿐이었다.

"해치려 하지 않았소." 노인은 군인들에게 살짝 노망이 든 척하며 말했다. "몰랐소이다." 그러면서 군인들에게 전쟁이 끝나던 날, 피난민 여자 하나가 그의 품에 아기를 남겨두고 다시는 돌아오지 않았다는 이야기를 했다. 그렇게 소년과 지내게 된 것이었다. 아이의 국적? 이름? 생년월일? 노인은 알지 못했다.

노인은 난로의 장작불에 넣어둔 감자들을 막대기로 굴리고, 검게 탄 껍질에 붙은 잉걸불을 쳐서 떼어냈다. "난 별로 좋은 아버지가 못 되었구나, 이렇게 오래 널 생일도 없이 지내게 하다니. 알다시피 생일은 일 년에 한 번씩 맞는 건데, 육 년 동안 생일 없이 지내게 했어. 선물도. 생일에는 선물을 받아야 하는데." 노인은 조심스레 감자 하나를 집어들어 소년에게 던졌다. 소년은 감자를 받아들고 웃었다. "그래서 내일을 생일로 하기로 결정했니?"

"네, 그런 것 같아요."

"좋다. 선물을 구할 시간이 많지는 않지만, 뭔가 준비하마."

"뭔데요?"

"생일에는 깜짝 선물인 게 더 좋단다." 노인은 거리의 돌무더기 위에서 본 바퀴 몇 개를 떠올렸다. 소년이 잠들면 수레 같은 것을 만들어주리라.

"들어보세요!" 소년이 말했다.

해가 질 때마다 폐허 너머의 먼 거리에서 행진소리가 들려왔다.

"듣지 마라." 노인이 말했다. 그러고는 소년의 주의를 끌려고 손가락 하나를 들어 보였다. "네 생일에 우리가 뭘 할지 아니?"

"빵집에서 케이크 훔쳐요?"

"그럴 수도. 하지만 내 생각은 그게 아니야. 내일 뭘 하고 싶은지 알아? 네가 평생 가본 적 없는 곳으로 데려가주고 싶구나. 나도 몇 년 동안 가본 적 없는 곳이야." 그 생각을 하자 노인은 흥분되고 행복해졌다. 이것이 진짜 선물이 되겠지. 수레는 아무것도 아니다. "내일은 전쟁이 없는 곳으로 데려가주마."

노인은 소년이 어리둥절한 표정을 짓는 것, 그리고 조금 실망했다는 것을 눈치채지 못했다.

소년이 직접 고른 생일이 되었고, 하늘은 노인이 장담했던 대로 맑았다. 둘은 지하 저장고의 어스름 속에서 아침을 먹었다. 식탁 위에는 노인이 밤늦게 만든 수레가 있었다. 소년은 한 손을 수레에 얹은 채 한 손만 써서 아침을 먹었다. 가끔 먹다 말고 수레를 앞뒤로 한 뼘쯤 밀며 모터 소리를 흉내냈다.

"좋은 트럭을 갖고 계시는구려, 신사 양반." 노인이 말했다. "가축들을 시장에 데리고 가는 중인가요?"

"부르릉, 부르릉. 비켜라! 부르릉. 탱크 나가신다, 비켜라."

"미안하다." 노인은 한숨을 내쉬었다. "트럭인 줄 알았는데. 어쨌든 네가 좋아한다는 게 중요하지." 노인은 난로 위에서 끓고 있는 물 양동이에 자기 양철 접시를 넣었다. "이건 시작에 불과해, 시작에 불과해." 그러고는 쾌활하게 말했다. "제일 좋은 게 아직 남아 있어."

"선물이 또 있나요?"

"그것도 선물이라고 볼 수 있지. 내 약속 기억하니? 오늘은 전쟁에서 벗어날 거야. 숲으로 갈 거다."

"부르릉, 부르릉. 제 탱크 가져가도 돼요?"

"오늘 하루만 트럭이라고 한다면."

소년은 어깨를 으쓱했다. "두고 갔다가, 돌아와서 가지고 놀래요."

둘은 밝은 아침 햇살에 눈을 껌뻑이며 버려진 거리를 걸어서 놀랍고 새로운 모습이 늘어선 붐비는 대로로 들어섰다. 불현듯 세상이 다시 상쾌하고 깨끗하고 온전해진 것만 같았다. 사람들은 멋진 대로 양쪽으로 한 블록씩만 가면 황폐한 풍경이 시작되어 몇 킬로미터고 계속 뻗어간다는 것을 모르는 듯했다. 둘은 점심 도시락을 옆구리에 끼고서 남쪽에 있는 소나무로 덮인 언덕을 향해 걸었다. 대로는 언덕 쪽으로 완만한 오르막을 이루고 있었다.

젊은 군인 넷이 나란히 인도를 걸어왔다. 노인은 차도로 내려와 길을 비켰다. 소년은 경례를 하며 제자리에 섰다. 군인들은 미소 지으며 소년에게 경례를 해주고, 나란히 걷던 대오를 헤쳐 소년을 지나가게 해주었다.

"기갑보병들이에요." 소년이 노인에게 말했다.

"으으음?" 녹색 언덕에 시선을 주던 노인이 멍하니 말했다. "정말? 어떻게 알았니?"

"장식용 녹색 수술 못 보셨어요?"

"봤지, 하지만 그런 건 바뀌거든. 내가 기억하는 시절에 기갑 보병은 검정과 빨강이고, 녹색은……" 노인은 얘기를 하다 말았다. "다 허튼소리야." 날카롭기까지 했다. "다 아무 의미 없다고. 오늘 우린 그런 건 다 잊어버릴 거다. 다른 날도 아니고 네 생일에 네가 그런 생각을 해서는 안 돼."

"검정과 빨강은 엔지니어들이에요." 소년이 진지한 말투로 끼어들었다. "검정만 있으면 헌병이고, 빨강은 포병이고, 파랑과 빨강은 의무병이고, 검정과 주황색은……"

소나무숲은 굉장히 고요했다. 수 세기나 된 바늘잎 융단과 녹색 지붕이 도시에서 떠내려오는 소리를 잠재웠다. 끝없이 줄지어 늘어선 굵은 갈색 나무줄기들이 노인과 소년을 에워쌌다. 바로 머리 위에 있는 태양은 바늘잎과 가지로 이루어진 두툼하고 빽빽한 담요를 통과하자 밝은 점들의 모임으로밖에 보이지 않았다.

"여기예요?" 소년이 물었다.

노인은 주위를 둘러보았다. "아니, 조금만 더 가면 돼." 그러면서 손가락으로 가리켜 보였다. "저기, 저 틈으로 보이니? 여기서도 교회가 보인단다." 숲 끝에 있는 나무 두 그루 사이의 네모꼴 하늘에 검게 탄 교회 탑의 골조가 보였다. "하지만 들어봐. 들리니? 물이야. 저 위로 가면 개울이 있고, 나무 꼭대기와 하늘밖에 보이지 않는 작은 계곡으로 내려갈 수도 있어."

"알았어요." 소년이 말했다. "전 여기가 좋지만, 괜찮아요." 소년은 교회 탑을 한 번, 노인을 한 번 올려다보고는 미심쩍다는 듯 눈썹을 치켜세웠다.

"너도 알게 될 거야…… 얼마나 더 좋은 곳인지 알게 될 거야." 노인이 말했다.

산마루에 가까워지자 노인은 행복한 모습으로 아래쪽 개울에 손짓해 보였다. "저기야! 그리고 지금 이 풍경은 어떠니? 에덴이지! 태초와 같은 곳. 나무들, 하늘, 물. 네가 누렸어야 할 세상이 이런 곳인데. 적어도 오늘은 누릴 수 있단다."

"저것도 보세요!" 소년이 반대편 산마루를 가리키며 말했다.

떨어진 소나무잎 색깔로 녹슨 거대한 탱크가 산마루에서 부서진 디딤판 위에 웅크리고 있었다. 대포가 달려 있던 자리의 검은 구멍 주위에는 부식된 흔적이 딱지처럼 앉았다.

"어떻게 하면 물을 건너서 탱크로 갈 수 있어요?" 소년이 말했다.

"탱크로 가고 싶지 않잖니." 노인이 짜증스러운 투로 말했다. 그리고 소년의 손을 꼭 쥐었다. "오늘은 아니야. 나중에 오게 되면 갈지도 모르겠지만, 오늘은 아니다."

소년은 풀이 죽었다. 노인이 잡은 소년의 작은 손이 축 늘어졌다.

"저 위로 가면 개울이 굽은 곳이 있어. 그 근처에 바로 우리가 찾는 게 있을 거야."

소년은 대답이 없었다. 소년은 돌 하나를 주워 탱크에 던졌다. 자신의 작은 무기가 목표물을 향해 날아가자 소년은 세상 전체가 곧 폭발할 것처럼 긴장했다. 회전 포탑에서 달그락거리는 소리가 희미하게 들리자 소년은 긴장을 풀었고, 이유는 몰라도 만족스러워했다. 소년은 고분고분 노인의 뒤를 따랐다.

개울이 굽은 곳 언저리에서 노인이 찾던 것을 발견했다. 개울 옆으로 튀어나와 매끈하고 젖지 않은 평평한 바위가 높은 둑에 둘러싸인 곳이었다. 노인은 이끼 위에 몸을 쭉 펴고 누워서 다정하게 자기 옆을 두드렸다. 소년이 앉아주길 바라는 곳이었다. 그리고 도시락을 풀었다.

점심을 먹은 뒤 소년은 가만히 있지 못하고 꼼지락거렸다. "아주 조용하네요." 소년이 마침내 말했다.

"응당 이래야지." 노인이 말했다. "세상의 한구석쯤은 응당 그래야 할 모습으로 있어야지."

"쓸쓸해요."

"그래서 아름다운 거야."

"전 도시가 더 좋아요, 군인도 있고……"

노인은 소년의 팔을 거칠게 잡아 꽉 쥐었다. "아니, 그렇지 않아. 네가 아직 모르는 것뿐이야. 너는 너무 어려서, 이게 무엇인지, 내가 너에게 주려는 게 무엇인지 아직 모르는 거란다. 하지만 나이가 더 들면 생각이 날 게다. 그리고 여기로 돌아오고 싶어질 거야. 네 작은 수레가 부서지고 나서 시간이 한참 흐르면 말이다."

"제 수레가 부서지는 건 싫어요." 소년이 말했다.

"부서지지 않을 거다, 아무렴. 하지만 여기 가만히 누워서 눈을 감고 귀를 기울여봐. 그리고 모든 걸 다 잊어보렴. 내가 너에게 이 정도는 줄 수 있단다. 전쟁에서 몇 시간 벗어나는 것이지." 노인은 눈을 감았다.

소년은 그 옆에 누운 다음 순순히 눈을 감았다.

노인이 잠에서 깼을 때는 해가 기울었다. 개울가에서 오랫동안 낮잠을 자고 났더니 몸이 쑤셨고 축축해진 기분이었다. 노인은 하품을 하고 기지개를 켰다. "갈 시간이다." 여전히 눈을 감은 채로 말했다. "우리의 평화로운 하루는 끝났어." 그러고는 소년이 사라졌다는 걸 알았다. 처음에는 예사롭게 소년의 이름을 불렀다. 그러다 바람소리 말고는 어떤 대답도 들리지 않자 일어서서 소리를 질렀다.

엄청난 공포가 치솟았다. 소년은 한 번도 숲에 와본 적이 없었고, 언덕과 숲이 더 깊어지는 북쪽으로 갔다면 길을 잃기 십상이었다. 노인은 더 높은 곳으로 기어올라 소리질렀다. 대답은 없었다.

어쩌면 탱크로 가기 위해 개울을 건너려 했을지 모른다. 소년은 헤엄을 칠 줄 몰랐다. 노인은 허겁지겁 하류 쪽으로 뛰어가 굽은 곳을 돌아서 탱크가 보이는 자리로 갔다. 계곡 맞은편의 추악한 유적이 악의를 품고 노인을 노려보았다. 움직이는 것은 전혀 없었고, 오직 물과 바람소리뿐이었다.

"빵!" 작은 목소리가 외쳤다.

소년이 회전 포탑에서 의기양양하게 고개를 내밀었다. "잡았다!" 그가 말했다.

낙천적인 소녀들과 소년들에게 복이 있나니.

얼굴 펴

한때 나는 경건하고, 용감하고, 믿을 수 있고, 정중한 이글스카우트*가 되는 게 풍족한 인생의 기초를 닦는 일이라는 생각을 아버지와 공유한 적이 있다. 그러나 그후 어릴 적의 가르침에 대해 더 현실적으로 심사숙고해볼 기회가 있었고, 지금은 인생을 대비하는 데 비버 패트롤**보다 헬스 키친***이 더 도움되는 게 아닌가 생각하고 있다. 칼, 깡통 따개, 가죽용 펀치가 함께 달린 주머니칼을 써서 역경에 대처하도록 훈련받은 나보다는, 열두 살 때부터 시가를 피운 내 친구 루이스 질리아노가 훨씬 더 혼

* 스물한 개 이상의 공훈 배지를 받은 보이스카우트.

** 보이스카우트가 등장하는 벨기에의 만화 시리즈.

*** 뉴욕의 우범지대.

돈 속에서 번영할 준비가 되었다는 느낌을 지울 수 없다.

남자다운 생존 기술에 대해 내가 가졌던 생각은 드레스덴의 포로수용소에서 시험에 처했다. 말쑥한 미국 청년인 나, 그리고 민간인 시절에 유행을 좇는 십대 아이들에게 대마초를 파는 일로 먹고산 족제비같이 약삭빠르고 방탕한 루이스는 그곳에서의 생활을 함께 겪었다. 지금 루이스를 떠올리는 건 내게 땡전 한 푼 없기 때문이다. 또한 자신이 너무나 잘 이해하는 이 세상 어딘가에서 지금 루이스가 왕자처럼 살고 있다는 걸 알기 때문이다. 독일에서도 그랬다.

제네바조약의 민주적 조항에 따라, 이병인 우리는 숙식을 제공받는 대가로 일을 해야 했다. 루이스만 빼고 우리 모두 일을 했다. 가시철조망 울타리 안에 갇히자마자 그가 한 일은 영어를 할 줄 아는 나치 경비병을 찾아가 자신은 이 전쟁의 일부가 될 생각이 조금도 없다고 말한 것이었다. 이 전쟁이 루스벨트와 유대인 국제은행가들이 형제끼리 싸움을 붙여놓은 거라고 생각한다고 했다. 나는 진심이냐고 물었다.

"맙소사, 난 정말 피곤해." 루이스가 말했다. "저놈들과 육 개월을 싸웠고, 이젠 피곤해. 휴식이 필요하고, 남들이 먹는 만큼은 먹어야겠어. 너도 얼굴 좀 펴!"

"고맙지만 나는 사양하겠어." 나는 싸늘하게 말했다.

나는 고된 일터로 끌려나갔고, 루이스는 독일군 병장의 잡역

병으로 수용소에 남았다. 그는 하루 세 번 병장의 군복을 솔질하고 추가 배급을 받았다. 나는 미국 공군이 난장판으로 만든 것을 정리하다 탈장이 되었다.

"부역자!" 거리에서 유독 힘들게 일한 어느 날 나는 루이스를 야유했다. 그는 말쑥하고 활기 넘치는 모습으로 수용소 정문 옆에 경비병과 함께 서서, 지치고 먼지투성이가 되어 줄지어 선 지인들에게 고개를 끄덕여 보이고 있었다. 내 비난에 대한 그의 대답은 수면 구역으로 가는 길에 나와 동행하는 것이었다.

그가 내 어깨에 한 손을 얹었다. "이런 식으로 볼 수도 있다고, 친구." 그가 말했다. "넌 여기서 독일놈들이 탱크랑 트럭을 다시 몰 수 있도록 길 치우는 일을 돕고 있어. 내가 보기엔 그런 게 부역이야. 나더러 부역자라고 했어? 반대로 말하고 있네. 독일놈들의 승전을 위해 내가 하는 일이라곤 독일놈들 담배를 피우고 먹을 걸 더 뜯어내는 것뿐이야. 그게 나쁜 일이라는 말이지?"

나는 내 간이침대에 털썩 누웠다. 루이스는 그 옆의 건초를 채운 매트리스에 앉았다. 그는 침대 아래로 늘어뜨린 내 팔의 손목시계에 관심을 보였다. 어머니가 선물로 주신 물건이었다.

"시계가 좋은데, 아주 좋아, 친구." 루이스는 이어서 말했다. "그렇게 일을 했으니 분명 배가 고프겠지."

배고파 죽을 지경이었다. 커피 대용품, 묽은 수프 한 대접, 마른 빵 세 조각은 아홉 시간 동안 곡괭이를 휘두르며 중노동을 한 사람을 기쁘게 할 만한 음식이 아니었다. 루이스는 내 마음을 이해했다. 나를 좋아했고 도와주고 싶어했다. "넌 좋은 친구야. 이렇게 하자. 널 위해 재빨리 거래를 해줄게. 배를 곯을 이유는 없잖아. 그 시계라면 빵 두 덩이는 얻을 수 있을걸. 어때, 좋은 조건이지?"

그 순간 빵 두 덩이는 눈부실 정도로 큰 유혹이었다. 한 사람이 음식을 그렇게나 많이 가질 수 있다니 믿기 힘들 정도였다. 나는 더 좋은 값을 받아내보려 했다. "이봐, 친구," 그가 말했다. "이건 너만을 위한 특별가이자 최저가야. 네게 은혜를 베풀려고 하는 거란 말이야, 알겠어? 내가 부탁하고 싶은 건 그저 이 거래 얘기를 딴사람에게 하지 말아달라는 것뿐이야. 그랬다간 다들 시계 하나에 빵 두 덩이씩 원할 테니까. 약속할 수 있어?"

나는 가장 친한 친구 루이스의 관대함을 절대 발설하지 않겠다고 신께 맹세했다. 루이스는 한 시간 후에 돌아왔다. 방안을 몰래 한번 둘러보더니, 둘둘 만 야전상의 속에서 길쭉한 빵 한 덩이를 꺼내 내 매트리스 밑에 밀어넣었다. 나는 루이스가 두번째 빵을 꺼내기를 기다렸다. 빵은 나오지 않았다. "뭐라 말해야 좋을지 모르겠군. 내가 거래하는 경비병이 그러는데, 벌지 전투에서 포로가 잔뜩 잡혀온 뒤로 시계 시장의 하한선이 완전히 무너졌대. 한번에 시계가 너무 많이 쏟아져나와서 그런 거야. 미안하지만, 이 루이스가 그 시계로 받아낼 수 있는 최선의 가격을 받아왔다는 것만 알아줘." 그러고는 매트리스 아래의 빵 쪽으로 다가섰다. "바가지를 쓴 기분이라면 말만 해. 빵을 가져가고 다시 시계를 받아다줄 테니."

뱃속에서 꾸르륵 소리가 났다. "아, 젠장. 루이스, 빵 거기 둬." 나는 한숨을 쉬었다.

다음날 아침에 일어났을 때, 나는 지금이 몇시인가 하고 손목을 보았다. 그리고 더이상 시계가 없다는 것을 떠올렸다. 침대 위층에서 자던 사내도 일어난 기색이었다. 나는 몇시인지 물었다. 그가 침대 옆으로 얼굴을 내밀었을 때, 입안 가득 빵을 밀어넣고 있다는 것을 알 수 있었다. 그는 대답하며 내게 빵가루를 잔뜩 내뿜었다. 그리고 이제 자신에게 시계가 없다고 했다. 입안에 넣은 커다란 빵 뭉치가 거의 사라질 때까지 계속 씹고 삼킨 뒤에야 그의 말을 이해할 수 있었다. "새것이라고 해도 이십 달러도 안 하는 시곗값으로 루이스가 빵 두 덩이와 담배 열 개비를 주는데, 지금이 몇시인지 무슨 상관이야?" 그는 이렇게 되물었다.

루이스는 경비병들과의 친분을 독점했다. 자신은 나치의 원칙과 화합할 수 있다고 공언한 까닭에 경비병들은 루이스가 우리 중 유일하게 똑똑한 사람이라고 생각했고, 우리 모두는 이 얄팍한 유다를 통해 암시장 거래를 해야 했다. 드레스덴에 수용된 지 육 주가 지나자, 루이스와 경비병을 제외하고 아무도 지금이 몇시인지 알 수 없었다. 그로부터 이 주 후 루이스는 모든 유부남의 결혼반지를 손에 넣었다. 이런 말을 이용해서였다. "그래요, 어디 그렇게 감상에 젖어봐요. 어디 그렇게 굶어죽어봐요. 사랑이란 참 좋은 거라고들 하더군요."

루이스의 수입은 엄청났다. 나는 나중에야 내 시계가 담배 백 개비와 빵 여섯 덩이의 값어치가 있었음을 알게 되었다. 죽기 직전까지 굶어본 사람이라면 누구나 그게 상당한 양이라는 걸 알 테다. 루이스는 자신의 재산 대부분을 가장 유통하기 쉬운 형태의 통화인 담배로 바꾸었다. 그리고 얼마 지나지 않아 고리대금업을 할 수 있겠다는 생각을 떠올렸다. 우리는 이 주마다 담배 스무 개비를 지급받았다. 흡연의 노예인 이들은 하루이틀 만에 담배를 전부 피워버리고 다음 배급 때까지 광란 상태로 지내곤 했다. '모두의 친구' '정직한 존'으로 불리기 시작한 무렵, 루이스는 다음 배급 때까지 적정 이율인 오십 퍼센트의 이자만 내면 자신에게 담배를 빌릴 수 있다고 발표했다. 곧 그는 자기 재산을 대출해주고 이 주마다 1.5배로 불리게 되었다. 나는 루이스에게 잔뜩 빚을 졌고, 담보로 삼을 것이라곤 내 영혼밖에 남지 않게 되었다. 나는 루이스의 탐욕스러움을 호되게 꾸짖었다. "예수님은 돈놀이 하는 사람들을 성전에서 내쫓으셨어"라고 일깨워주었다.

"그들은 돈을 빌려주던 사람들이야." 그가 대답했다. "내가 너한테 내 담배를 빌려가라고 애걸복걸하는 것도 아니잖아? 담배 좀 빌려달라고 네가 나한테 빌고 있지. 담배는 사치품이야, 친구. 안 피워도 살 수 있어. 안 피우면 아마 더 오래 살걸. 그 몹쓸 버릇을 버리지 그래?"

"다음 화요일까지 몇 개비나 빌려줄 수 있어?" 나는 물었다.

고리대금업을 통해 루이스의 비축고가 사상 최대에 달했을 때, 그가 이제나저제나 기다리던 재앙이 일어나 그의 담배 가치가 하늘 높은 줄 모르고 치솟았다. 미국 공군이 드레스덴의 빈약한 군사 시설을 휩쓸고 지나갔는데, 그중 주요 담배 공장들도 있었다. 그 결과, 전쟁포로뿐 아니라 경비병과 민간인의 담배 배급까지도 완전히 끊겨버렸다. 루이스는 지역 금융의 주요 인사였다. 경비병들조차 가진 담배가 바닥나자, 그들은 루이스에게 치렀던 것보다 싼값에 시계와 결혼반지를 되팔기 시작했다. 루이스의 재산이 무려 시계 백 개 정도일 거라고 추정하는 이들도 있었다. 하지만 루이스 자신의 추정은 고작 시계 쉰세 개, 결혼반지 열일곱 개, 고등학교 반지 일곱 개, 가보로 내려온 시곗줄 하나였다. "손을 많이 봐야 하는 시계들도 있어." 루이스가 나한테 한 말이다.

미국 공군이 쓸어버린 것 중 담배 공장이 있었다는 말은 사람들 역시 꽤 죽었다는 뜻이었다. 약 이십만 명 정도였다. 우리가 하는 노역이 엽기적인 일로 변했다. 무수히 많은 지하실에서 시신을 파내는 일에 투입된 것이다. 보석을 지닌 시신이 많았다. 사람들 대부분이 소중한 물건을 방공호에 가지고 들어갔을 테니. 처음에 우린 무덤 속의 물건들을 피했다. 죽은 이의 물건을 훔치는 것이 몹쓸 일이라고 생각하는 포로들이 있었고, 다른 이유는 그랬다간 즉결 처형을 당하기 때문이었다. 우리를 제정신으로 돌아오게 하는 데는 루이스가 필요했다. "맙소사. 이봐, 십오 분 만에 은퇴 자금을 마련할 수 있을 거야. 단 하루만이라도 나도 너희랑 같이 가게 해주면 좋으련만." 그는 입술을 핥으며 말을 이었다. "이렇게 하자. 쏠쏠하게 쳐줄게. 좋은 다이아몬드 반지 하나만 가져다줘. 그러면 여기 있는 내내 담배랑 음식이 떨어지지 않게 해줄게."

다음날 저녁 나는 바지 밑단에 반지 하나를 숨겨서 그에게 가져다주었다. 알고 보니 다른 포로들도 모두 반지를 구해왔다. 내가 다이아몬드를 보여주자 루이스는 고개를 저었다. "아, 정말 유감이군." 루이스는 보석을 불빛에 들어 보였다. "이 불쌍한 녀석은 지르콘*을 가져오는 데 목숨을 걸었어!" 꼼꼼히 살펴본 결과 모두가 지르콘, 석류석, 인조 다이아몬드를 가져온 것으로 밝혀졌다. 게다가 루이스는 공급 과잉 때문에 그나마의 가

* 다이아몬드 대용으로 쓰이는 광물의 일종.

치조차 사라졌다고 지적했다. 나는 약탈해 온 반지를 담배 네 개비와 바꾸었다. 다른 이들은 치즈 약간과 빵 몇백 그램, 감자 스무 개 따위를 받았다. 어떤 이들은 보석을 내주지 않았다. 루이스는 가끔씩 그런 자들과 잡담하면서, 약탈품을 지니고 있다 잡히면 얼마나 위험한지 얘기했다. "영국군 수용소의 어떤 불쌍한 녀석이 오늘 걸렸어. 셔츠 속에 쿼매넣은 진주 목걸이를 들킨 거지. 재판에서 총살까지 두 시간도 안 걸리더군." 이런 이야기들. 얼마 지나지 않아 모두 루이스와 거래를 했다.

마지막 포로까지 노획물을 전부 내놓은 지 얼마 안 되었을 때, S.S.가 우리 막사에 찾아와 불심 사찰을 했다. 뒤지지 않은 침대는 루이스의 침대뿐이었다. "저 녀석은 수용소를 나가는 일이 없고 최고의 모범수입니다." 경비병이 사찰관들에게 재빨리 설명했다. 그날 저녁, 막사로 돌아와보니 내 매트리스가 칼로 찢겨 있고 바닥에는 짚이 널려 있었다.

그러나 루이스의 행운도 완벽하지는 않았다. 전쟁 마지막 몇 주 동안, 우리 경비병들이 러시아군의 전진을 막으러 출동하는 바람에 허약한 노인들이 대신 우리를 감시하게 되었기 때문이다. 새로 온 병장에겐 잡역병이 필요 없었고, 루이스는 우리 중 하나에 불과한 익명의 존재로 추락했다. 그가 새로이 처한 상황 중 가장 치욕스러웠던 것은 평범한 포로들과 함께 노역에 차출될 가능성이었다. 그는 굉장히 분해하며 새 병장에게 면담을 요청했다. 요청이 받아들여져 그는 한 시간 정도 자리를 비웠다.

그가 돌아왔을 때 내가 물었다. "그래서, 히틀러가 베르히테스가덴*을 얼마에 팔겠대?"

루이스는 수건으로 싼 꾸러미를 들고 있었다. 그는 수건을 풀어 속에 든 가위 두 자루와 이발기 몇 개, 면도날 하나를 보여주었다. "난 수용소의 이발사야. 수용소장의 명령에 따라, 너희 신사분들을 봐줄 만한 모습으로 만들어주게 됐어." 그가 발표했다.

"너한테 머리를 맡기고 싶지 않다면?" 내가 물었다.

"그러면 네 배급량은 절반으로 깎여. 그것 역시 수용소장의 명령이야."

"어떻게 이 일을 얻었는지 혹시 말해줄 수 있을까?" 내가 물었다.

"아, 그야 물론이지." 루이스가 말했다. "건달 꼴을 한 사내들과 어울려 같이 지내자니 수치스럽다고, 자기 수용소에 이런 흉한 놈들을 데리고 있다는 걸 수용소장 역시 부끄러워해야 마땅하다고, 그렇게 말해줬을 뿐이야. 우리 둘은, 그러니까 수용소장과 나는 이 상황을 좀 바꿔볼 생각이야." 그는 바닥 한가운데에 스툴 하나를 놓더니 내게 앉으라고 손짓했다. "네가 제일 먼저야, 친구." 그가 말했다. "네 머리카락이 치렁치렁한 걸 수용

---

* 히틀러의 요새가 있었던 독일 남동부의 알프스 산지 마을.

소장이 봤어. 나더러 반드시 잘라주라고 하더라."

의자에 앉자 그는 내 목에 수건을 휙 둘렀다. 머리 자르는 모습을 볼 수 있는 거울이 없었지만 느낌으로는 솜씨가 제법인 듯했다. 그에게 머리 자르는 재주가 있을 줄은 몰랐다고 말했다.

"이건 아무것도 아니야." 그가 말했다. "가끔 나도 나 자신에게 놀랄 때가 있어." 그는 이발기를 사용해 마무리했다. "머리 자르는 값은 담배 두 개비, 혹은 같은 값의 다른 물건이야." 나는 사카린 알약으로 값을 치렀다. 루이스 말고 담배를 가진 사람은 아무도 없었다.

"네 모습 보여줄까?" 그가 내게 거울 조각을 건넸다. "나쁘지 않지, 응? 제일 좋은 점은, 시간이 지날수록 내 솜씨가 나아질 테니 지금 그 머리가 내 최악의 작품일 거라는 거야."

"맙소사!" 나는 비명을 질렀다. 내 두피는 흡윤개선 피부병에 걸린 에어데일테리어의 등 같았다. 머리를 빡빡 민 부분과 마구 자른 부분이 뒤섞여 있었고, 여남은 개의 자잘한 상처에선 피가 배어나오고 있었다.

"이따위 솜씨로 하루종일 수용소에 남아 있을 수 있단 말이야?" 내가 고함을 질렀다.

"이봐, 진정해." 루이스가 말했다. "정말 멋져 보이는데, 왜."

그러고 보면 그다지 신기할 것도 없는 상황이었다. 루이스에겐 다를 바가 없었다. 우리는 여전히 하루종일 밖에서 죽어라

일했고, 저녁에 녹초가 되어 돌아오면 루이스 질리아노에게 머리를 깎였다.

미국에서의 삶은 승자와 패자의 싸움이고,
승부 조작이 이루어지고 있다.

유니콘 덫

서기 1067년, 잉글랜드의 마을 스토우온더월드에서는 마을 교수대의 아치 열여덟 개에 망자 열여덟 명이 매달려 이쪽저쪽으로 흔들리고 있었다. 정복왕 윌리엄*의 친구인 '끔찍한 로베르'에 의해 교수형을 당한 그들은 두 눈에 초점이 풀린 채 나침반 바늘처럼 돌았다. 북쪽, 동쪽, 남쪽, 서쪽, 그리고 다시 북쪽. 친절하고 가난하고 사려 깊은 사람들에겐 희망이 없었다.

교수대 건너편에는 나무꾼 엘머, 그의 아내 아이비, 열 살짜리 아들 에설버트가 살았다.

엘머의 오두막 뒤는 숲이었다.

---

* 노르만왕조의 시조(1028~1087).

엘머는 오두막 문을 닫고 눈을 감은 채 입술을 핥았다. 씁쓸한 맛이 났다. 그는 에설버트를 데리고 식탁에 앉았다. 끔찍한 로베르의 기사들이 갑자기 다녀가는 바람에 그들의 귀리죽은 식어버렸다.

아이비는 방금 신이 지나가기라도 한 듯 벽에 등을 기댔다. 눈동자는 밝았고 호흡은 가빴다.

에설버트는 멍하고 우울한 표정으로 싸늘해진 귀리죽만 쳐다보았다. 그 어린 마음은 가족의 비극이라는 웅덩이에 푹 잠겨 있었다.

"오, 말을 타고 서 있던 끔찍한 로베르는 정말 장엄해 보이지 않았나요? 온갖 쇠붙이와 화려한 색깔과 깃털, 그리고 말에 걸친 그 멋지디멋진 휘장하며." 노르만족의 말발굽소리가 멀어지자 아이비가 자신의 넝마를 펄럭이며 여제처럼 고개를 젖혔다.

"응, 장엄했어." 엘머가 말했다. 그는 키가 작았고 머리는 크고 둥글었다. 불행한 지식들을 담고 있는 그의 푸른 눈은 불안해 보였다. 작은 몸에는 여기저기 근육이 길게 발달해 있었다. 근육은 노동에 내몰린, 사색하는 사람의 상징이었다. "장엄하긴 장엄하지." 그가 말했다.

"노르만족에 대해 원하는 대로 말해도 좋지만," 아이비가 말했다. "그들이 잉글랜드에 품격을 가져온 것만은 분명해요."

"우린 그 대가를 치르고 있고." 엘머가 말했다. "세상에 공짜 점심이란 없는 법이니까." 그는 에설버트의 숱 많은 금발에 손가락을 넣고 아이의 고개를 살짝 젖혀, 아이의 눈 속에서 인생은 살 가치가 있는 것이라는 증거를 찾아보았다. 아이의 눈에는 걱정하는 자신의 마음이 비쳐 보일 뿐이었다.

"끔찍한 로베르, 그 높고 강력한 사람이 우리집 앞에서 소리치는 걸 이웃들이 다 봤을 거예요." 아이비가 자랑스럽게 말했다. "당신을 신임 세무관에 임명하려고 자기 기사들을 보냈다는 걸 이웃들이 알게 되기만 해봐요."

엘머가 고개를 가로젓자 축 처진 그의 입술이 힘없이 흔들렸다. 그는 이제껏 자신의 지혜와 무해함으로 사랑받기 위해 살아왔다. 그런데 끔찍한 로베르의 탐욕을 대변하든가 그게 아니면 끔찍한 죽음을 맞으라니.

"그 말이 두르고 있던 천으로 내 드레스를 만들고 싶어요." 아이비가 말했다. "파란 천에 작은 금빛 십자가가 온통 수놓여 있고." 아이비는 평생 처음으로 행복을 느꼈다. "대충 만든 것처럼 보이게 할 거예요." 그녀가 말을 이었다. "뒤쪽 옷자락이 잔뜩 겹쳐지고 치맛단은 끌리도록. 하지만 단 한구석도 허투루 만들진 않을 거예요. 괜찮은 옷이 몇 벌 생기면, 프랑스어를 좀 배울 수 있을지도 몰라요. 정말 세련된 노르만 부인들과 '팔레부parlee voo'*하는 거죠."

엘머는 한숨을 내쉬고 아들의 양손을 모아 감쌌다. 에설버트의 손은 거칠었다. 손바닥은 긁혔고, 땀구멍과 손톱 밑에는 흙이 끼어 있었다. 엘머는 긁힌 상처 하나를 손끝으로 쓰다듬었다. "어쩌다 다쳤니?" 그가 말했다.

"덫을 만들다가요." 에설버트가 말했다. 에설버트는 자기만 아는 사실에 얼굴을 빛내며 생기를 되찾았다. "구멍 위에 가시나무를 설치했거든요. 유니콘이 빠지면 그 위로 가시나무가 떨어지도록요." 아이가 열심히 말했다.

"그러면 잡아둘 수 있겠구나." 엘머가 부드럽게 말했다. "잉글랜드에서 유니콘 만찬을 기대할 수 있는 가족은 많지 않단다."

"같이 숲에 가서 덫을 한번 살펴봐주면 좋을 텐데." 에설버트가 말했다. "잘 설치했는지 확인하고 싶어요."

"분명 훌륭한 덫일 거야. 나도 보고 싶구나." 엘머가 말했다. 이들 부자의 삶이 단조로운 천이라면, 유니콘을 잡는다는 꿈은 그 천 속의 한줄기 금실이었다.

잉글랜드에 유니콘이 없다는 건 둘 다 알았다. 하지만 그들은 미친 척하기로 했다. 주위에 유니콘들이 산다고, 언제라도 에설버트가 한 마리 잡을 수 있을 거라고, 깡마른 그들 가족이 곧 고기를 배불리 먹을 수 있으리라고 생각하기로. 유니콘의 귀한 뿔을 큰돈을 받고 팔아 영원히 행복하게 살 수 있을 거라고.

---

* parlez-vous의 잘못. 프랑스어로 '말할 줄 아시나요'.

"일 년 동안 보러 온다고 말만 했잖아요." 에설버트가 말했다.

"바빴단다." 엘머가 말했다. 그는 덫을 살펴보고 그 실제 모습을 알게 되는 것을 원하지 않았다. 살짝 판 땅 위에 나뭇가지 한 줌을 얹은 덫, 아이의 상상으로 대단한 희망의 원천이 되었을 덫. 엘머 역시 그 덫이 크고 대단한 것이라고 계속 믿고 싶었다. 다른 어느 곳에도 희망은 없었다.

엘머는 아들의 손에 입을 맞추고 살냄새와 흙냄새를 들이마셨다. "곧 보러 가마." 그가 말했다.

"그리고 천이 남으면 당신과 우리 에설버트의 속바지도 만들어줄게요." 아직 황홀감에 휩싸인 아이비가 말했다. "둘이서 온통 작은 금십자가가 덮인 파란 바지를 입는 거 아니겠어요?"

"아이비, 당신이 이해해주면 좋겠어. 로베르는 정말 끔찍한 사람이야. 로베르는 당신에게 말 휘장을 주지 않을 거야. 그는 누구에게도, 아무것도 준 적이 없어." 엘머가 참을성 있게 말했다.

"꿈을 꾸는 건 자유죠." 아이비가 말했다. "여자의 특권이라고 생각해요."

"무슨 꿈을 꾸는데?" 엘머가 말했다.

"당신이 일을 잘하면, 로베르가 말 휘장이 다 닳았을 때 정말 당신에게 줄지도 모른다고요." 아이비가 말했다. "그리고 그들이 믿을 수 없을 정도로 만약 당신이 세금을 많이 거둬오면, 가끔 우릴 성으로 초대해줄지도 모르죠." 아이비는 흙바닥 위에서 상상 속의 치맛단을 걷어들고서 교태를 부리며 오두막 안을 걸어 다녔다. "봉조르, 모슈*, 마담." 그녀가 말했다. "각하와 부인께선 가난하지 않으시겠지요."

"그게 당신 최고의 꿈이야?" 엘머는 충격을 받았다.

"그리고 그들이 당신에게 위엄 있는 이름을 붙여주겠죠, 피투성이 엘머라든가 미친 엘머라든가." 아이비가 말했다. "그리고 당신, 나, 에설버트는 일요일마다 쫙 빼입고 말을 타고 교회에 가는 거예요. 만약 어느 농노가 우리에게 버릇없는 말을 하면, 우린 말을 세우고……"

"아이비! 우리가 농노잖아." 엘머가 외쳤다.

아이비는 발을 톡톡 구르고 양옆으로 고개를 갸우뚱했다. "끔찍한 로베르가 우리에게 더 나아질 수 있는 기회를 준 거 아니에요?" 그녀가 말했다.

"그자처럼 사악해질 기회를 말이야?" 엘머가 말했다. "그게 나아지는 거야?"

아이비는 의자에 앉아 양발을 식탁에 올렸다. "만약 누군가가 아무런 잘못을 저지르지 않고 지배계급에 들어간다면, 지배를 해야죠. 안 그러면 사람들이 정부에 대한 존중심을 모두 잃게 돼요." 그녀는 우아하게 몸을 긁었다. "사람들은 통치를 받아야

* Bon joor, monsoor. '안녕하세요, 미스터'의 틀린 철자.

해요."

"사람들에겐 참 슬픈 일이지." 엘머가 말했다.

"사람들은 보호를 받아야 해요." 아이비가 말했다. "갑옷과 성은 헐값으로 얻을 수 없잖아요."

엘머는 두 눈을 비볐다. "아이비, 우리가 무엇으로부터 보호를 받고 있는지 말해주겠어? 지금 우리를 다스리는 것보다 훨씬 나쁜 게 뭐란 말이야?" 그가 말했다. "나도 내 눈으로 한번 보고 싶어. 그리고 뭐가 제일 날 겁나게 하는지 직접 판단하고 싶어."

아이비는 그의 말을 듣고 있지 않았다. 그녀는 가까워오는 말발굽소리에 흥분해 있었다. 끔찍한 로베르와 그 수행단이 성으로 돌아가고 있었고, 오두막은 그들의 권력과 영광으로 흔들렸다.

아이비는 문으로 달려가 활짝 열었다.

엘머와 에설버트가 고개를 조아렸다.

노르만족이 기뻐하며 놀라서 외쳤다.

"이앵!(오오!)"

"르가르데!(저것 좀 보게!)"

"도네 라 샤스, 메 브라브!(사냥하러 가세, 용사들이여!)"

노르만족의 말들은 앞다리를 들고 방향을 돌려 숲속으로 달려갔다.

"뭐 좋은 일이라도 있나? 뭔가를 박살낸 건가?" 엘머가 말했다.

"사슴을 본 거예요!" 아이비가 말했다. "다들 사슴을 쫓고 있어요. 끔찍한 로베르가 앞장섰고요." 아이비는 심장 위에 손을 얹었다. "로베르는 진정한 사냥꾼 아닌가요?"

"그렇지. 신이 그의 오른팔을 강하게 만들어주시기를." 엘머는 이렇게 말하고 냉소적인 미소를 기대하며 에설버트를 보았다.

에설버트의 야윈 얼굴이 하얗게 질렸다. 눈은 튀어나올 듯했다. "덫. 저 사람들이 덫 쪽으로 가고 있어요!" 그가 말했다.

"저놈들이 덫에 손끝이라도 까딱하면, 내가……" 엘머가 말했다. 그의 목에서 힘줄이 불거졌고 손은 집게발같이 되었다. 아이가 사랑을 담아 만든 덫을 본다면 끔찍한 로베르는 분명 그것을 박살낼 테다. "푸르 르 스포르, 푸르 르 스포르.(운동삼아, 운동삼아.)" 그는 씁쓸하게 말했다.

엘머는 끔찍한 로베르를 살해하는 몽상을 해보려 했지만, 꿈 역시 삶만큼이나 좌절스러웠다. 약점이 없는 곳에서 약점을 찾는 셈이니 말이다. 꿈은 현실적으로 끝났다. 말에 탄 로베르와 그 부하들은 대성당처럼 거대했다. 갑옷을 입은 로베르와 부하들이 투구의 빗장 뒤에서 웃었다. 그러고는 꼬챙이, 쇠사슬, 망치, 고기 베는 큰 칼 중 무엇으로 누더기 입은 나무꾼을 상대할까 느긋하게 골랐다.

엘머가 손을 축 늘어뜨리며 힘없이 말했다. "만약 저들이 덫을 부수면, 우린 다른 덫을 놓을 거야. 다른 어떤 것보다 좋은 덫으로."

자신의 나약함이 부끄러워 엘머는 역겨움을 느꼈다. 그 역겨움은 더욱 심해졌다. 그는 팔짱 낀 양팔에 머리를 기댔다. 다시 고개를 들었을 때, 그는 해골과 같은 웃음을 지으며 주위를 둘러보았다. 한계점을 넘은 것이다.

"아빠! 괜찮아요?" 에설버트가 놀라 물었다.

엘머는 몸을 떨며 일어섰다. "좋아, 아주 좋아."

"굉장히 달라 보여요." 에설버트가 말했다.

"난 달라졌다. 이젠 두렵지 않아." 그는 식탁 끄트머리를 잡고 외쳤다. "난 두렵지 않아!"

"쉿! 듣겠어요!" 아이비가 말했다.

"목소리를 낮추지 않겠어!" 엘머는 격하게 말했다.

"낮추는 게 좋아요." 아이비가 말했다. "끔찍한 로베르가 조용히 하지 않는 사람들을 어떻게 하는지 알잖아요."

"그래." 엘머가 말했다. "모자에 못을 박아서 머리를 뚫지. 하지만, 내가 치러야 할 대가가 그거라면, 치르겠어." 그는 눈을 흡떴다. "끔찍한 로베르가 내 아들의 덫을 부순다고 생각하니, 내 인생 전부가 주마등처럼 눈앞을 스쳐갔어!"

"아빠, 내 말 좀 들어보세요……" 에설버트가 말했다. "내가 겁내는 건 로베르가 덫을 부수는 게 아니라……"

"주마등처럼!" 엘머가 울부짖었다.

"오, 맙소사." 아이비가 문을 닫으며 조바심 섞인 목소리로 말했다. "알았어요, 알았어요, 알았어." 그녀는 한숨을 쉬었다. "주마등처럼 스쳐간 인생 이야기를 들어보죠."

에설버트가 엘머의 옷소매를 당겼다. "굳이 말하자면, 그 덫은……"

"파괴하는 자와 만드는 자의 대결이야! 그게 내 인생 전부였어!" 엘머가 말했다.

에설버트는 고개를 가로저으며 혼잣말을 했다. "만약 로베르의 말이 어린나무에 연결된 밧줄을 밟기라도 한다면, 그 어린나무는 또……" 그러고는 입술을 깨물었다.

"당신 괜찮은 거예요, 엘머?" 아이비가 말했다. "그게 다예요?" 그녀는 다시 노르만족을 보고 싶어하는 속내를 화가 날 정도로 뻔히 드러내며 문고리를 만지작거렸다.

"아니, 아이비." 엘머가 딱딱하게 말했다. "아직 안 끝났어." 그는 문고리를 잡은 그녀의 손을 쳐냈다.

"당신 지금 날 때렸어." 아이비가 크게 놀라며 말했다.

"당신은 하루종일 문을 열어놓고 있지!" 엘머가 말했다. "우리집에 아예 문이 없으면 좋았겠어! 당신은 하루종일 아무것도 안 하고 문 앞에 앉아서 처형 장면을 구경하고 노르만족이 지나가길 기다리지." 엘머는 아이비의 얼굴 앞에 떨리는 양손을 들어 보였다. "영광과 폭력 이야기에 잔뜩 취해 정신을 못 차리는 게 이상할 것도 없지!"

움찔하는 아이비의 모습은 가련했다. "난 그냥 보는 거예요. 혼자 있으면 외롭고, 시간 보내는 데 도움이 되서요."

"너무 오래 봤어!" 엘머가 말했다. "그리고 당신에게 전해줄 소식이 더 있지."

"뭔데요?" 아이비가 높은 소리로 물었다.

엘머는 좁은 어깨를 쫙 폈다. "아이비," 그가 말했다. "난 끔찍한 로베르의 세무관이 되지 않겠어."

아이비는 숨도 제대로 쉬지 못했다.

"나는 파괴하는 자들을 돕지 않겠어." 엘머가 말했다. "내 아들과 나는, 만드는 사람이야."

"당신 목을 매달 거예요." 아이비가 말했다. "그자가 그렇게 장담했잖아요."

"알아. 알아." 엘머가 말했다. 그에게 아직 공포는 찾아오지 않았다. 고통이 찾아와야 할 곳에 고통이 오지 않았다. 마침내 뭔가 완벽한 일을 해냈다는 느낌만 있을 뿐이었다. 차고 맑은 샘물을 마신 듯했다.

엘머는 문을 열었다. 바람이 다시 불기 시작했고, 시체들이 매달린 사슬이 녹슬고 삐걱거리는 소리로 느릿느릿 합창했다. 바람은 숲 쪽에서 불어왔고, 노르만족 사냥꾼들이 외치는 소리가 엘머의 귀에 들렸다.

이상하게도 당황한 듯, 자신 없는 듯한 소리였다. 엘머는 너무 멀어서 그러려니 생각했다.

“로베르? 알로, 알로? 로베르? 이앵! 알로, 알로?(로베르? 이봐요, 여봐요? 로베르? 이런! 이봐요, 여봐요?)”

“알로? 알로? 로베르, 디트 켈크 쇼즈, 실 부 플레. 이앵! 이앵! 알로?(이봐요? 여보쇼? 로베르, 아무 말이라도 해봐요, 제발. 아! 이런! 여보쇼?)”

“알로, 알로, 알로? 로베르? 로베르 로리블? 이앵! 알로, 알로, 알로?(어이, 이봐, 이봐요? 로베르? 끔찍한 로베르? 아! 이봐, 어이, 여보쇼?)”

아이비는 엘머를 등뒤에서 안으며 그의 등에 뺨을 기댔다. “엘머, 여보.” 그녀가 말했다. “난 당신이 목매달리는 건 싫어요. 사랑해요, 여보.”

엘머는 그녀의 손을 가볍게 두드렸다. “나도 사랑해, 아이비.” 그가 말했다. “당신이 그리울 거야.”

“정말 그렇게 할 거예요?” 아이비가 말했다.

“지금은 내가 믿는 것을 위해 죽어야 할 때야.” 엘머가 말했다. “그렇지 않다 해도 난 죽어야 할 거고.”

“왜요, 왜?” 아이비가 말했다.

“내 아들 앞에서 그렇게 하겠다고 말했으니까.” 엘머가 말했다. 에설버트가 다가오자 엘머는 아이를 감싸안았다.

이제 작은 가족은 얽힌 팔들로 서로 묶여 있었다. 해가 지는 동안 서로 뒤엉킨 셋은 앞뒤로 몸을 흔들었다. 그들의 뼛속에서 느껴지는 리듬에 맞추어 몸을 흔들었다.

아이비는 엘머의 등에 기대 코를 훌쩍였다. "당신은 지금 에설버트에게 스스로 목매다는 방법을 가르쳐준 거예요. 지금 에설버트가 노르만족에게 너무 건방지게 구는데, 아직 성 안의 지하 감옥에 끌려가지 않은 게 신기할 정도라고요."

"에설버트가 죽기 전에 자기 자신 같은 아들을 두길 바랄 뿐이야." 엘머가 말했다.

"모든 게 굉장해질 것 같았는데." 아이비가 말하며 울음을 터뜨렸다. "당신이 막 좋은 자리를 제안받아 출세할 기회가 있었는데." 아이비는 우느라 띄엄띄엄 말했다. "그리고 어쩌면, 끔찍한 로베르의 말 휘장이 해지고 나면, 당신이 물어봐줄 수도 있을지 모른다고 생각을……"

"아이비!" 엘머가 말했다. "더 기분 나빠지게 하지 마. 날 위로해줘."

"당신이 어떻게 하려는지 내가 알았다면 조금이나마 나았을 텐데." 아이비가 말했다.

노르만족 두 명이 숲에서 나왔다. 슬퍼 보였고 완전히 당황한 모습이었다. 그들은 마주보고 양팔을 펼치며 어깨를 으쓱했다.

한 명이 날이 넓은 칼로 덤불을 밀치고 그 아래를 애절하게 들여다보았다. "알로, 알로? 로베르?(이봐요, 여봐? 로베르?)"

"일 라 디스파뤼!(사라졌어!)" 다른 노르만족이 말했다.

"일 세 테바누이!(의식을 잃었나봐!)"

"르 슈발, 라르므망, 레 플뤼. 투 됭 쿠!(말, 무기, 깃털. 순식간에!)"

"푸프!(이런!)"

"엘라스!(슬픈 일이야!)"

그들은 엘머와 가족을 보았다. 한 명이 엘머를 불렀다. "이앵! 아베부 뷔 로베르?(이봐요! 로베르 님을 보았소?)"

"끔찍한 로베르 말인가요?" 엘머가 말했다.

"위.(그렇소.)"

"미안하지만 코빼기도 못 봤는데요." 엘머가 말했다.

"에?(응?)"

"주 네 뷔 파 니 포 니 슈뵈 드 뤼.(그 사람 코빼기도 못 봤다고요.)" 엘머가 말했다.

노르만족은 슬픈 표정으로 서로를 다시 보았다.

"엘라스!(슬프도다!)"

"쥐트!(빌어먹을!)"

그들은 다시 느릿느릿 숲속으로 들어갔다.

"알로, 알로, 알로?(이봐요, 여봐, 들려요?)"

"이앵! 로베르? 알로?(아! 로베르? 들려요?)"

"아빠! 들어보세요!" 에설버트가 흥분해서 말했다.

"쉿, 지금 엄마랑 얘기하고 있잖니." 엘머가 부드럽게 말했다.

"그 바보 같은 유니콘 덫과 똑같아요." 아이비가 말했다. "그것도 난 이해가 안 됐어요. 내가 정말 많이 참아줬죠. 그동안 그 덫에 대해 한 마디도 안 했잖아요. 하지만 이젠 할말을 해야겠어요."

"해." 엘머가 말했다.

"그 덫은 아무짝에도 쓸모없어요." 아이비가 말했다.

엘머의 눈가에 눈물이 고였다. 나뭇가지들, 파헤쳐놓은 땅의 모습, 그리고 소년의 상상이 그의 인생에 대해 말해주고 있었다. 그의 인생이 곧 끝나리라는 걸.

"여기엔 유니콘이 없어요." 아이비는 자신의 지식을 뽐내며 말했다.

"알아." 엘머가 말했다. "에설버트랑 나도 알아."

"그리고 당신이 목매달려도 나아질 건 아무것도 없고요." 아이비가 말했다.

"알아. 에설버트와 나도 알고 있어." 엘머가 말했다.

"어쩌면 내가 바보인지도 모르죠." 아이비가 말했다.

엘머는 자신이 하고 있는 완벽한 일의 대가인 공포와 외로움, 앞으로 찾아올 고통을 갑자기 느꼈다. 차고 순수한 샘물 한 잔을 맛보는 대가였다. 아무리 심한 수치심보다 훨씬 가혹한 대가였다.

엘머는 침을 꿀꺽 삼켰다. 밧줄이 파고들 목 부분이 아파왔다. "아이비, 여보." 그가 말했다. "당신 그 말이 정말 맞았으면 좋겠군."

그날 밤, 엘머는 아이비가 새 남편을 맞기를, 에설버트가 굳센 마음을 갖기를, 자기 자신이 다음날 자비로운 죽음을 맞고 낙원에 가기를 기도했다.

"아멘." 엘머가 말했다.

"그냥 세무관 일을 하는 척만 할 수도 있잖아요." 아이비가 말했다.

"거둔 척한 세금들은 어디서 구하고?" 엘머가 말했다.

"당분간만 세무관을 할 수도 있죠." 아이비가 말했다.

"잠깐만 해도 미움받을 이유는 잔뜩 생길 거야." 엘머가 말했다. "그러고서 목매달리게 되겠지."

"어떻게 해도 안 되는 거네요." 아이비가 말했다. 그녀의 코가 빨개졌다.

"아이비……" 엘머가 말했다.

"으응?"

"아이비, 작은 금십자가가 뒤덮인 파란 드레스는 나도 이해해." 엘머가 말했다. "나도 당신이 그 옷을 가졌으면 좋겠어."

"당신과 에설버트가 입을 바지도요." 아이비가 말했다. "내 생각만 한 건 아니었어요."

"아이비, 내가 지금 하려는 건, 그 말 휘장보다 더 중요한 거야."

"그게 내 문제예요." 아이비가 말했다. "난 그저 그 천보다 더 대단한 건 상상할 수가 없어요."

"나도 그래." 엘머가 말했다. "하지만 더 대단한 것들이 있어. 있어야만 하고." 그는 슬픈 미소를 지었다. "그게 뭔지는 몰라도, 내일 허공에 매달려 춤을 출 때, 난 그걸 위해 춤추는 거야."

"에설버트가 돌아왔으면 좋겠어요." 아이비가 말했다. "우린 다 같이 있어야 되는데."

"에설버트는 덫을 확인해야지." 엘머가 말했다. "삶은 계속되니까."

"노르만족이 드디어 집으로 돌아가서 다행이에요." 아이비가 말했다. "머리가 돌기 직전까지 줄창 알로니, 이앵이니, 엘라스니, 쥐트니, 푸프니 하는 프랑스어를 들어야 했잖아요. 끔찍한 로베르를 찾았나보죠."

"그러니 내 운명은 이제 정해진 거지." 엘머가 말하고는 한숨을 쉬었다. "에설버트 찾으러 갈게. 남자가 지상에서 보내는 마지막 밤에, 아들을 숲에서 집으로 데려오는 것보다 좋은 일이 있겠어?"

엘머는 반달 아래, 창백하고 푸르른 밤의 세계로 나섰다. 그는 에설버트의 발자국을 따라 높고 검은 벽을 이룬 숲까지 갔다.

"에설버트!" 그가 외쳤다.

대답이 없었다.

엘머는 숲을 헤치고 들어갔다. 나뭇가지가 그의 얼굴을 때렸고, 검은딸기나무가 다리에 걸렸다.

"에설버트!"

대답하는 것은 교수대뿐이었다. 쇠사슬이 삐걱거렸고, 뼈만 남은 시체 한 구가 털썩 떨어졌다. 이제 아치 열여덟 개에 전시된 것은 열일곱 구뿐이었다. 매달릴 자리가 하나 더 났다.

엘머는 에설버트 생각에 점점 더 불안해졌다. 그는 숲속으로 깊이, 더 깊이 헤치고 들어갔다. 빈터에 도착한 그는 숨을 헐떡였다. 눈에 땀이 들어가 따가웠다.

"에설버트!"

"아빠?" 저 앞의 덤불 속에서 에설버트가 말했다. "와서 도와주세요."

엘머는 손으로 더듬으며 앞이 보이지 않는 덤불 속으로 들어갔다.

칠흑 같은 어둠 속에서 에설버트가 엘머의 손을 잡았다. "조심하세요!" 에설버트가 말했다. "한 걸음만 더 갔으면 덫에 걸렸을 거예요."

"아." 엘머가 말했다. "그거 아슬아슬했구나." 그는 아이를 즐겁게 해주려고 장난스럽게 겁먹은 소리를 냈다. “아이쿠! 이를 어째!”

에설버트는 그의 손을 잡아내려 땅에 누워 있는 무언가에 가져다댔다.

엘머는 커다란 수사슴 시체를 느끼고 깜짝 놀랐다. 사슴 옆에 무릎을 꿇고 앉았다. “사슴이네!” 그가 말했다.

그의 목소리가 다시 들려왔다. 마치 땅속 깊은 곳에서 들려오는 것 같았다. “사슴이네, 사슴이네, 사슴이네.”

“덫에서 꺼내는 데 한 시간 걸렸어요.” 에설버트가 말했다.

“걸렸어요, 걸렸어요, 걸렸어요.” 메아리가 울렸다.

“정말?” 엘머가 말했다. “하느님 맙소사! 이 덫이 이렇게 훌륭했다니!”

“훌륭했다니, 훌륭했다니, 훌륭했다니.” 메아리가 울렸다.

“아빠는 짐작도 못하실걸요.” 에설버트가 말했다.

“걸요, 걸요, 걸요.” 메아리가 울렸다.

“이 메아리는 어디서 울리는 거니?” 엘머가 말했다.

“거니, 거니, 거니?” 메아리가 울렸다.

“아빠 바로 앞에서요.” 에설버트가 말했다. “덫에서요.”

엘머는 에설버트의 목소리가 자기 바로 앞의 구멍에서 들려오자 몸을 뒤로 홱 뺐다. 마치 지옥문을 통해 땅 밖으로 나오는 것 같았다.

"덫에서요, 덫에서요, 덫에서요."

"네가 판 거야?" 엘머는 크게 놀라 물었다.

"신이 파신 거예요." 에설버트가 말했다. "동굴이랑 연결되어 있어요."

엘머는 차갑게 굳어가는 수사슴의 엉덩이를 베고 힘없이 땅에 누웠다. 지붕처럼 머리 위를 덮은 덤불에 빈틈이 딱 한 곳 있었다. 그 틈으로 밝은 별빛이 비쳐들어왔다. 감사한 마음에 눈물이 솟아올라 그 별빛이 무지개처럼 보였다.

"난 이제 더이상 바랄 게 없어." 엘머가 말했다. "오늘밤, 모든 걸 얻었어. 그리고 더, 더, 더 많은 걸 얻었어. 신의 도움으로 내 아들이 유니콘을 잡았어." 그는 손으로 에설버트의 발을 만지고 발등을 쓰다듬었다. "신이 미천한 나무꾼과 아들의 기도를 들어주신다면," 그가 말했다. "이 세상은 그 어떤 곳이든 될 수 있잖아?"

엘머는 세상의 이치와 하나됨을 깊이 느낀 나머지 거의 잠이 들 뻔했다.

에설버트가 그를 깨웠다. "사슴을 엄마한테 가지고 갈까요?" 에설버트가 말했다. "푸짐한 야식 먹으러?"

"통째로 들고 가면 안 돼." 엘머가 말했다. "너무 위험해. 좋은 부위를 좀 베어 가고, 나머지는 여기 숨겨놓자."

"칼 있어요?" 에설버트가 물었다.

"아니." 엘머가 말했다. "칼 소지는 불법인 거 알잖니."

"자를 걸 가져올게요."

엘머는 여전히 누운 채 아들이 동굴로 내려가는 소리를 들었다. 땅속으로 깊이, 더 깊이 들어가면서 발 디딜 곳을 찾는 소리, 끙끙거리며 통나무와 씨름하는 소리.

에설버트가 뭔가 긴 것을 가지고 돌아왔다. 밝은 별빛을 받아 빛났다. "이거면 될 거예요." 그가 말했다.

에설버트는 엘머에게 끔찍한 로베르의 날카로운 양날 검을 건넸다.

자정이었다.

단란한 가족은 사슴고기를 포식했다.

엘머는 끔찍한 로베르의 단검으로 이를 쑤셨다.

에설버트는 문가에서 망을 보며 깃털 장식으로 입을 닦았다.

아이비는 흐뭇해하며 몸에 말 휘장을 휘감았다. "그 덫으로 뭔가 잡을 줄 알았다면," 그녀가 말했다. "바보짓이라고 생각하지 않았을 거예요."

"덫이란 게 원래 그런 법이지." 엘머는 몸을 뒤로 기댄 채 끔찍한 로베르가 죽었으니 내일 목매달리지 않아도 된다는 사실에 기쁨을 느껴보려 했다. 하지만 그의 크고 둥근 머릿속에서 흥청거리는 다른 생각들에 비하면 그건 시시한 일 같았다.

"한 가지만 부탁할게요." 아이비가 말했다.

"얘기해." 엘머가 호방하게 말했다.

"둘 다 이제 날 그만 놀려요, 이게 유니콘 고기라니." 아이비가 말했다. "무슨 말을 하든 내가 다 믿을 줄 아나봐."

"유니콘 고기 맞아." 엘머가 말했다. "그리고 당신이 믿을 수 있는 이야기를 하나 더 해주지." 엘머가 끔찍한 로베르의 쇠장갑을 끼고 식탁을 두드렸다. "아이비, 힘없는 사람들을 위한 위대한 날이 다가오고 있어."

아이비는 그를 사랑스럽다는 듯 쳐다보았다. "내가 그날 입을 옷을 가져다주다니, 당신이나 에설버트나 참 다정해요."

멀리서 말발굽소리가 들렸다.

"다 숨겨요!" 에설버트가 말했다.

순식간에 끔찍한 로베르와 사슴의 모든 흔적이 사라졌다.

완전무장한 노르만족 전사들이 우레 같은 소리를 내며 나무꾼 엘머의 초라한 오두막 옆을 지나갔다.

그들은 형체 없는 밤의 악마를 두려워하며, 또한 그에 맞서며 소리질렀다.

"이앵! 이앵! 쿠라주, 메 브라브!(자! 자! 힘내자, 용사들이여!)"

말발굽소리가 멀어졌다.

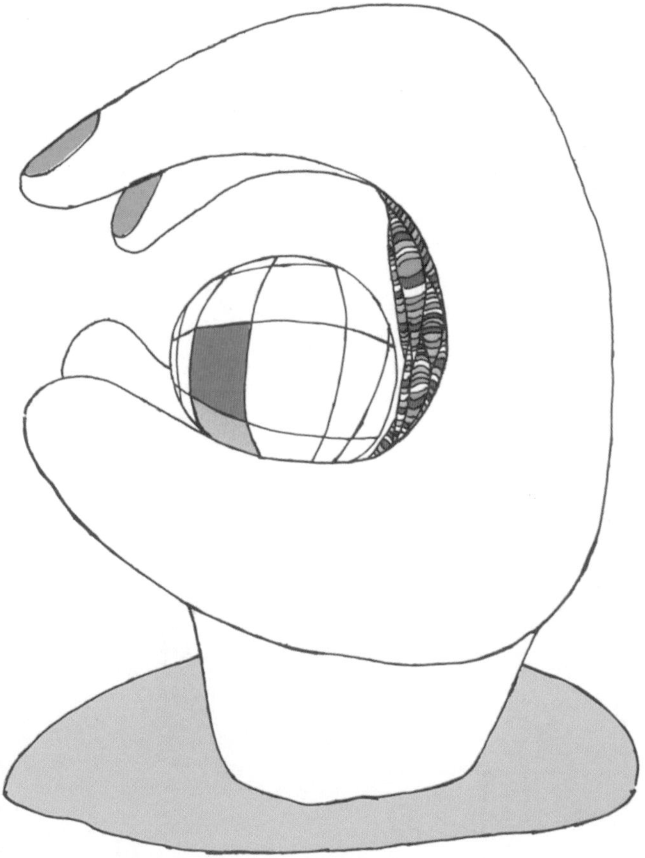

무명 용사

우리 딸이 서기 세번째 천 년으로 들어서는 뉴욕시에서 태어날 최초의 아기, 즉 2000년 1월 1일 자정 십 초 후 태어날 아기가 될 거라고 떠들었던 건 물론 다 말도 안 되는 소리였다. 우선 수없이 많은 사람들의 지적처럼, 세번째 천 년은 2001년 1월 1일에 시작된다. 지구라는 행성을 놓고 보면, 우리 아기가 태어났을 때 새해는 이미 여섯 시간 지난 뒤였다. 시간이 시작하는 곳인 영국 그리니치 왕립 천문대에서 여섯 시간 전에 2000년이 되었기 때문이다. 예수의 생일이 어림짐작이니, 예수가 태어난 시점부터 햇수를 세는 것 역시 그렇다는 건 말할 나위도 없다. 그리고 아기가 언제 태어났는지 대체 어떻게 정한단 말인가? 머리가 나왔을 때? 아기의 몸 전체가 산모의 몸 밖으로 나왔을 때?

탯줄을 잘랐을 때? 2000년 뉴욕시의 첫 아기와 그 부모, 아기를 받은 의사에게 주어지는 귀한 선물들이 워낙 많았기 때문에, 탯줄을 자르는 것은 출산 시각을 정하는 기준과 무관하다고 일찌감치 합의가 되었다. 자정이 되기를 기다렸다가 자를 수 있기 때문이다. 가위를 댄 채 시계를 바라보는 의사들뿐만 아니라 가위와 시계를 바라보는 증인들까지도 도시 전체에 깔릴 수 있다. 상을 받는 의사는 관광객이 여전히 안전한 느낌을 맛볼 수 있는 몇 안 되는 섬 중 하나인 버뮤다로 공짜 휴가를 가게 된다. 영국의 낙하산 부대 하나가 버뮤다에 주둔하고 있었다. 이런 기회를 생각하면, 의사들이 출생 시각을 속이려는 유혹을 느낄 만도 했다.

기준을 어떻게 잡든지, 출생 순간을 규정하는 것은 산모의 자궁에 착상된 수정란이 언제부터 인간인지를 정하는 것보다는 논란의 여지가 훨씬 적었다. 이번 콘테스트에서는 아기의 눈이나 눈꺼풀이 처음으로 바깥세상의 빛을 받은 때, 증인이 처음으로 목격한 때를 출생 순간으로 정했다. 그러니 우리처럼, 아기의 몸 일부가 아직 산모의 몸속에 있을 수도 있다. 골반위분만의 경우라면 물론 눈은 거의 맨 마지막에 나타나게 될 것이다. 그리고 우리가 우승한 이 콘테스트에서 가장 말도 안 되는 부분은 이것이었다. 만약 우리 아기가 골반위분만으로 태어났다면, 다운증후군이거나 이분척추거나 코카인중독자의 아기이거나

에이즈에 걸린 채 태어났다면 상을 받지 못했으리라는 점이다. 이 콘테스트의 세부 자격이라는 게 이른바 표준과 다른 특징들이 아니라 오직 태어난 시각에 달렸고, 심사위원들도 그렇다고 말할 테지만 말이다. 어쨌거나 우리 아기는 앞으로의 천 년이 얼마나 건강하고 기쁠지에 대한 상징이 될 터였다. 심사위원들이 한 가지 보장한 것은 인종과 종교, 부모의 출신 국적이 심사와 전혀 무관하리라는 사실이었다. 내가 미국에서 태어난 흑인이고, 아내가 백인으로 분류되기는 해도 쿠바에서 태어났다는 건 사실이다. 하지만 내가 컬럼비아대학교 사회학과 학장이라는 것, 아내가 뉴욕 병원의 물리치료사라는 것은 조금도 방해가 되지 않았다. 나는 우리가 중산층이라는 이유 때문에 우리 아기가 브루클린의 쓰레기통에서 발견된 신생아를 포함한 다른 후보 몇을 제치고 우승했다고 확신한다.

우리는 포드 스테이션왜건과 디즈니월드 평생이용권 세 장, 72인치 스크린과 VCR, 모든 종류의 레코드나 테이프를 재생할 수 있는 음향장치를 포함한 가정용 멀티미디어 시스템, 가정용 체육관 설비 등을 받았다. 우리 아기는 성인이 되면 지급될 국채 오만 달러, 아기용 침대, 유모차, 무료 기저귀 등등을 받았다. 하지만 아기는 육 주 후 세상을 떠났다. 우리 아기를 세상에 나오도록 해준 의사는 그때 버뮤다에 가 있었고, 아기가 죽었다는 소식을 듣지 못했다. 딸의 죽음은 뉴욕시에서도, 그 바깥 어느 곳에서도 출생만큼 큰 뉴스가 되지 못했다. 터무니없는 콘테스트를 홍보하던 사람들과 선물을 기증한 사업가들 말고는 우리 아기의 탄생을 놓고 벌어진 대소동을 진지하게 생각했던 사람이 아무도 없었기에 큰 뉴스가 되지 못했다. 우리 아기가 온갖 멋진 것들을 상징한다느니, 여러 인종이 아름답고 행복하게 하나가 된다느니, 한때 뉴욕시를 세계에서 가장 위대한 나라의 가장 위대한 도시로 만든 정신이 다시 태어난다느니, 평화가 찾아온다느니, 이외에 나도 모르는 허튼소리들을 아무도 진지하게 생각하지 않았다. 지금 내게 우리 아기는 전쟁기념비의 무명 용사, 광기 수준으로까지 칭송받은 작은 살과 뼈와 털이었던 것처럼 느껴진다. 여담이지만, 아기의 장례식에는 거의 아무도 오지 않았다. 콘테스트를 처음 생각해냈던 텔레비전 방송국에서는 하급 간부 한 명을 보냈다. 유명인은 한 명도 없었고, 촬영팀 역시 한 명도 오지 않았다. 다음 천 년이 땅에 묻히는 걸 보고 싶어하는 사람이 어디 있겠는가? 텔레비전이 어떤 것을 보지 않겠다고 거부하면, 그것은 일어나지 않았던 일이나 마찬가지가 된다. 텔레비전은 무엇이라도 지울 수 있다. 심지어 대륙 하나를 통째로 지워버릴 수도 있다. 오늘날 하나의 거대한 사막으로 치부되는 아프리카가 그렇다. 수백만, 또 수백만 명의 아기들이 태어나, 새로운 천 년의 역사를 앞에 두고 굶어죽는 곳. 딸은 유아 돌연사라고 했다. 아직은 양수천자 검사로 예측할 수 없고, 앞으로도 영원히 예측할 수 없을지 모를 유전적 결함이라고 한다.

그애는 우리의 첫아이였다. 아아.

전쟁이 끝났고, 나는 퍼플 하트 훈장을 달고 타임스스퀘어를 가로지르고 있었다.

전리품

만약 최후의 심판일에 신이 폴에게 천국과 지옥 중 어디서 영원히 지내는 것이 옳겠느냐고 묻는다면, 그는 자신이 저지른 끔찍한 일을 떠올리며 자기 자신과 우주적 기준에 따라 지옥이 자신의 운명이라고 대답할 것이다. 지혜롭고 전능한 신은 폴이 살아오면서 전반적으로 남에게 해를 끼치지 않았음을, 저지른 일 때문에 이미 그 여린 양심이 그를 무척이나 고문해왔음을 알아차릴지도 모른다.

폴이 수데테란트에서 전쟁포로로서 벌였던 무모한 모험들은 과거 속에 잠겨들며 그 괴로운 모습을 모두 잃었으나, 울적한 이미지 하나만큼은 그의 의식에서 가라앉으려 하지 않았다. 어느 날 저녁을 먹다가 그의 아내 수가 장난스럽게 건넨 다정한 농담 한마디에 그가 간절히 잊고 싶어하던 것이 다시 떠올랐다. 옆집의 워드 부인과 함께 오후 시간을 보내던 수는 남편이 유럽의 전장에서 가져온 물건이라며 워드 부인이 24인용 은수저 세트를 보여주자 크게 놀랐다.

"여보, 당신은 좀더 나은 걸 가져올 수 없었나요?" 수는 폴을 비난하듯 말했다.

그의 전리품은 녹슬고 심하게 휜 독일 공군 장검 한 자루가 전부였으니 독일인들이 그의 약탈을 비통해할 리는 없었다. 러시아군의 점령지대에서, 전후 무정부 상태로 몇 주간 지속된 최상의 자유기업체제 속에서 그의 동료들은 마치 옛 스페인 범선처럼 보물을 잔뜩 싣고 집으로 돌아왔지만 폴은 자신의 바보 같은 유물 하나로 만족했다. 마음껏 뒤지고 빼앗을 시간이 몇 주는 있었지만 그가 옛 시절의 정복자처럼 보낸 시간은 처음 몇 시간뿐이었다. 그의 의지와 증오를 꺾어버린 것, 즉 그를 고문한 이미지는 산에서 보낸 영광스러운 1945년 5월 8일의 봄날 아침에 그 형태를 이루기 시작했다.

수데테란트 헬렌도르프에 있던 폴과 다른 전쟁포로들은 전날 밤 경비병들이 현명하게도 숲과 언덕으로 사라지고 없다는 사실에 익숙해지는 데 시간이 조금 걸렸다. 그와 또다른 미국 병사 둘은 머뭇거리며 페테르스발트로 가는 붐비는 길을 헤맸다. 페테르스발트는 전쟁통에 혼란해진 사람들 오백 명이 살고 있는 그저 호젓한 농촌이었다. 사람들이 통곡하는 강처럼 양쪽으로 흐르며 한목소리로 슬퍼했다. "러시아군이 오고 있어!" 이런 환경 속에서 지루하게 4킬로미터를 걷고 난 셋은 페테르스발트로 흐르는 사람들의 강가에 앉아 어떻게 하면 미군 전선으로 갈 수 있을지, 러시아군이 사람들 말처럼 마주치는 모든 이들을 정말 다 죽여버리는지 걱정했다. 그들 근처에는 헛간 안에 안전하게 놓인 토끼장이 있었는데, 흰토끼 한 마리가 어둠 속에 앉아 평소와 다른 소음을 듣고 있었다.

셋은 마을을 휩쓰는 공포에서 예외였고 연민도 들지 않았다. "저 거만한 돌대가리들이 자청한 거나 마찬가지지." 폴이 말하자 나머지도 음산한 즐거움을 느끼며 고개를 끄덕였다. "독일군이 한 짓을 생각하면, 러시아군이 무슨 짓을 해도 탓할 수 없어." 폴의 말에 동료들은 다시 고개를 주억거렸다. 그들은 조용히 앉아, 혼이 나간 채 어린아이를 데리고 지하 창고에 숨는 엄마들, 언덕을 올라 숲속으로 들어가는 사람들, 꾸러미 몇 개에 소중한 것만 챙겨넣고 집을 버리고 도망가는 사람들을 지켜보았다.

영국군 일병이 길에서 눈을 크게 뜨고 성큼성큼 걸으며 그들에게 외쳤다. "얼른 움직이는 게 좋아, 친구들. 놈들이 지금 헬렌도르프에 들어왔다고!"

서쪽에서 먼지구름이 일고 트럭들이 으르렁거렸다. 겁먹은 피난민들이 흩어졌고, 러시아군이 마을에 들어왔다. 군인들은 놀란 주민들에게 담배를 던져주고, 용기를 내 모습을 드러내는 모든 이들에게 침을 묻히며 열정적으로 키스를 해주었다. 폴은 신이 나서 웃고 소리지르며 그들의 트럭 주위를 뛰어다녔다. 붉은 별이 붙은 트럭에서 흘러나오는 거친 아코디언 소리 사이로 "미국인이오! 미국인!" 하는 폴의 외침을 듣고 그를 향해 해방자들이 던져주는 빵과 고깃덩어리를 받았다. 행복하고 흥분한 폴과 친구들은 음식을 한아름 안고 개울가 정도로 줄어든 사람들 사이로 돌아와 허겁지겁 배를 채우기 시작했다.

하지만 그들이 먹는 동안 다른 사람들—체코인, 폴란드인, 유고슬라비아인, 러시아인, 격분한 독일 포로의 무시무시한 무리—이 나타나 러시아군이 지나간 자리를 따라 마구 부수고 약탈하고 불지르며 소동을 피웠다. 그자들은 체계적으로 서넛씩 조를 짜서 집집마다 다니며 문을 부수고 들어가 주민들을 위협하고 마음에 드는 것을 가지고 나왔다. 페테르스발트는 좁은 길 양쪽에 집이 한 채씩 늘어선 길쭉한 마을이어서 약탈의 현장을 못 보고 지나치기란 쉽지 않았다. 폴은 달이 뜨는 저녁이 오기 전에 수천 명이 모든 집을 지하 창고부터 다락방까지 다 뒤졌을 거라고 생각했다.

폴과 친구들은 성실히 약탈에 임하는 자들을 바라보며, 한 무리가 지나갈 때마다 불편한 미소를 지어 보였다. 그런 무리 중 하나와 친구가 된 의기양양한 스코틀랜드 병사 두 명이 습격을 즐기던 도중에 이 미국 병사들 옆에 잠시 멈춰 얘기를 나눴다. 둘 다 좋은 자전거를 타고 있었고, 반지와 시계, 쌍안경, 카메라, 멋진 장신구를 잔뜩 가지고 있었다.

"어쨌든," 둘 중 하나가 그들에게 설명했다. "이런 날 앉아만 있을 순 없잖아. 이런 기회는 다시 없을 거야. 알다시피 우리는 승리자잖아. 갖고 싶은 건 뭐든 가져갈 권리가 있다고."

이 미국 병사 셋은 자기들끼리 얘기를 나눴다. 적들의 집을 터는 건 전적으로 정당하다고 폴이 앞장서서 설득했다. 가장 가까운 집을 함께 덮쳤다. 그들이 페테르스발트에 온 이래 내내 비어 있던 그 집은 이미 싹 털린 뒤였다. 창문에 유리라고는 남아 있지 않았다. 서랍은 모두 열려 있고, 옷장의 옷은 모두 내던져져 있었다. 찬장은 싹 비었고, 베개와 매트리스는 다 뜯어 발겨진 채였다. 폴과 친구들 이전에 온 약탈자들 모두 그에 앞서 온 사람들이 내던져둔 물건들을 샅샅이 헤쳤기 때문에, 남은 것이라고는 천조각과 냄비 몇 개뿐이었다.

안쓰러운 집안을 다 뒤지고 나니 저녁이 되었고, 그들은 흥미로운 것을 하나도 찾지 못했다. 폴은 애초에 이 집에 별것이 없었으리라 생각했다. 여기 살던 사람은 가난했을 것이다. 가구는 낡았고, 벽지는 벗어지고 있었고, 외관은 새로 칠하고 수리해야 할 상태였다. 하지만 폴이 작은 위층으로 통하는 계단을 올라가

자, 궁핍한 살림살이와 어울리지 않게 놀라운 방이 나타났다. 화사한 색깔로 장식된 침실이었다. 가구들은 아름답게 조각된 것이었고, 밝은 줄무늬 벽에는 동화 속 나라의 그림이 걸려 있었으며, 새로 색칠한 목공품도 보였다. 바닥 한가운데엔 버려진 약탈품인 장난감 한 무더기가 쓸쓸히 남아 있었다. 침대 머리맡 벽에 기대어 세워진, 집 전체에서 남의 손이 닿지 않은 유일한 물건은, "맙소사, 아이 목발이야."

값나가는 것을 하나도 찾지 못한 이 미국 병사들은 보물찾기를 하기엔 날이 너무 늦었다고 합의하고 저녁 먹을 준비를 하기로 했다. 러시아군이 준 음식이 제법 남아 있었지만, 오늘 같은 날의 저녁식사는 닭고기, 우유, 달걀이 들어간 특별한 음식이어야 한다고, 토끼고기를 먹어야 할지도 모른다고 그들은 생각했다. 그런 별미를 찾아서, 셋은 흩어져 근처의 헛간과 농장 뜰을 뒤졌다.

폴은 자신들이 약탈하려던 집 뒤의 작은 헛간 안을 들여다보았다. 여기에 어떤 음식이나 가축이 있었든 진작 동쪽으로 가져갔을 거라고 생각했다. 문간 흙바닥에서 감자 몇 개를 주웠다. 그게 다였다. 주머니에 감자를 넣고 나가려는데 한구석에서 살짝 부스럭거리는 소리가 들렸다. 그 작은 소리는 계속 났다. 눈이 어둠에 적응되자 통통한 흰토끼가 분홍색 코를 반짝이며 가삐 숨쉬는 것이 보였다. 놀랄 만한 행운이었다. 오늘 만찬의 주

요리가 될 것이다. 폴은 문을 열고 저항하지 않는 토끼의 귀를 잡아 꺼냈다. 자기 손으로 토끼를 죽여본 적이 없어서 어떻게 해야 할지 난감했다. 결국 토끼의 머리를 도마에 얹고 도끼 등으로 내리쳤다. 토끼는 몇 초 정도 힘없이 발길질을 하다가 죽었다.

폴은 스스로 감탄하며 토끼의 가죽을 벗기고 몸통을 씻은 다음, 분명히 찾아올 더 좋은 날들을 위해 부적으로 토끼의 발을 잘랐다. 일을 끝낸 그는 헛간의 문간에 서서 평화와 석양, 마지막까지 저항하다 집으로 도망치는 겁쟁이 독일군의 행렬을 바라보았다. 그날 아침 저 길을 따라 도망쳤다가 진격하는 러시아군을 따라 되돌아온 지친 민간인들이 그 군인들과 함께 있었다.

음울한 행렬에서 이탈해 다가오고 있는 세 사람이 갑자기 폴의 눈에 띄었다. 그들은 박살난 집 앞에 멈추었다. 그는 가슴속에 차오르는 후회와 슬픔을 느끼며 생각했다. '여긴 분명 저들의 작은 집과 헛간이었을 거야. 저 할아버지, 할머니, 다리를 저는 저 아이의 집일 거야.' 할머니는 흐느꼈고 할아버지는 고개를 저었다. 아이가 계속 뭐라고 말하면서 헛간 쪽으로 손짓하며 둘의 관심을 끌려고 했다. 폴은 눈에 띄지 않도록 그늘에 섰다가, 그들이 집으로 들어가자 토끼를 들고 도망쳤다.

폴은 나머지 둘이 불 피울 곳으로 고른 둔덕으로 토끼를 가져갔다. 바람막이용 포플러나무 틈으로 그가 있었던 헛간이 보였다. 토끼는 땅에 펼쳐둔 천 위에 다른 약탈품들과 함께 두었다.

나머지 둘이 음식 준비로 바쁜 와중에 폴은 헛간을 지켜보았다. 아이가 집에서 나와 목발을 짚고 최대한 재빨리 헛간으로 갔다. 헛간에 들어간 아이는 고통스러울 정도로 오랫동안 나오지 않았다. 폴은 희미한 비명소리를 들었다. 아이가 부드러운 흰 가죽을 들고 문에서 나오는 모습이 보였다. 아이는 가죽을 뺨에 비비더니 문턱에 쓰러져 그 털 위에 얼굴을 묻고 서럽게 울었다.

폴은 고개를 돌리고 다시는 그쪽을 보지 않았다. 나머지 둘은 아이를 보지 못했고, 폴은 아이 얘기를 하지 않았다. 셋이 저녁을 먹으려고 앉았을 때, 한 명이 감사 기도를 시작했다. "하느님 아버지, 저희 앞에 마련해주신 이 음식에 감사드립니다……"

폴의 동료들은 마음 내키는 대로 이 마을 저 마을을 거쳐 미군 전선으로 향하며 독일의 보물을 상당히 모았다. 어떤 까닭인지 폴이 집에 가져온 것은 녹슬고 심하게 휜 공군 장검 한 자루뿐이었다.

"날 믿어."

새미, 우리 둘이서만

I.

이건 군인 이야기지만 엄밀히 말해서 전쟁 이야기는 아니다. 그 모든 일이 일어났을 때 전쟁은 이미 끝난 뒤였으니, 아마도 이건 살인 이야기인 것 같다. 미스터리 말고 그냥 살인 이야기.

내 이름은 샘 클라인한스다. 독일식 이름이다. 유감스럽게도, 아버지는 전쟁 전 뉴저지에서 잠시 저먼-아메리칸 분트*와 엮인 적이 있다. 아버지는 그 모임의 정체를 알고 나서 서둘러 빠져나왔다. 하지만 우리 동네엔 분트에 깊이 빠져든 사람들이 많았다. 우리 거리에 살던 몇몇 가족이 조국에서 히틀러가 하는 일에 매우 자극을 받아 가진 모든 것을 팔고 독일에서 살려고

* 독일계 미국인의 친나치 동맹.

돌아갔던 일이 기억난다.

그 가족 중엔 내 또래의 아이들도 있었다. 미국이 전쟁에 뛰어들어 내가 소총수로 유럽에 갔을 때, 옛 친구를 쏘게 되진 않을까 생각했다. 쐈던 것 같지는 않다. 나중에 알게 된 사실이지만, 독일 시민권을 얻은 분트 아이들 대부분은 러시아 전선의 소총수가 되었다고 했다. 그중 몇몇이 들키지 않고 미군에 섞여드는 자잘한 첩보 임무를 맡았지만 그 수가 많지는 않았다. 독일인들은 그들을 조금도 믿지 않았다. 적어도 우리의 옛 이웃이 아버지에게 CARE* 소포를 보내달라고 부탁한 편지에는 그렇게 쓰여 있었다. 그 사람은 미국에 돌아갈 수만 있다면 무엇이든 하겠다고도 했는데, 그들 모두 같은 심정이었으리라 생각한다.

분트의 바보짓, 그리고 그 사람들과 너무나 가깝다는 사실 때문에, 나는 미국이 참전하게 되자 내가 독일계라는 사실을 상당히 의식하게 되었다. 충성이니, 이유 있는 싸움이니 하는 내 말을 들으며 날 멍청이라고 생각한 놈들도 많았을 것이다. 군대의 다른 사람들이 그런 걸 믿지 않았다는 말은 아니다. 그런 얘기를 떠드는 게 유행이 아니었을 뿐이다. 2차대전 때는 그랬다.

돌이켜보니 내 말이 진부했다는 걸 알겠다. 예를 들어 독일과

---

* Cooperative for American Remittances to Europe. 2차대전 후 유럽에 구호품을 보낸 미국 자선 단체.

의 전쟁이 끝난 5월 8일 아침에 내가 했던 말이 기억난다. "정말 영광스럽지 않니!"라고 했다.

조지 피셔 이병은 한쪽 눈썹을 치켜세우며 꽤 심각한 말이라도 된다는 듯 "뭐가 영광스러워?"라고 했다. 그는 철조망 가닥으로 등을 긁고 있었다. 딴생각을 하고 있었던 듯했다. 아마 음식과 담배를 생각했을 것이다. 어쩌면 여자 생각까지 했을지도 모르겠다.

조지와 얘기하는 모습을 보이는 건 똑똑한 짓이 아니었다. 수용소에 조지의 친구는 이제 하나도 없었고, 친구가 되려는 사람은 누구든 조지와 똑같이 외로운 입장이 될 터였다. 우리 모두 어슬렁거리고 있었고, 조지와 나는 그저 우연히—그때 내 생각으론 그랬다—정문 옆에 같이 있었을 뿐이었다.

독일군은 조지를 우리 수용소의 미국인 반장으로 임명했다. 독일어를 할 줄 알기 때문이라고 했다. 어쨌든 조지는 그 덕을 보았다. 그는 다른 미국 병사들보다 훨씬 투실투실했다. 그러니 아마 여자 생각을 하고 있었을 것이다. 우리가 잡히고서 한 달쯤 지나자 여자 얘기를 하는 사람은 조지뿐이었다. 조지를 제외하고는 모두 팔 개월 동안 감자만 먹었기 때문에, 여자 얘기는 난 키우기나 현악기 치터 연주 정도의 인기밖에 없었다.

그때 내가 어떤 상태였느냐면, 설령 베티 그레이블*이 나타나 자기를 가지라고 한다 해도, 땅콩버터 젤리 샌드위치를 만들어달라고 했을 것이다. 다만 그날 나와 조지를 만나러 온 건 베티가 아니라 러시아군이었다. 우리 둘은 수용소 정문 앞 길가에 서서, 우리가 있는 곳으로 막 올라오기 시작한 탱크들이 계곡에서 끽끽거리는 소리를 듣고 있었다.

일주일 동안이나 수용소 창문을 덜컹이던 북쪽의 대포들은 어느새 잠잠했고, 우리 경비병들은 밤새 사라지고 없었다. 전에 길을 오가는 거라곤 몇몇 농부의 수레뿐이었다. 이제 길은 마구 떠밀고 소리지르는 사람들로 가득했다. 밀고, 넘어지고, 욕하고, 러시아군에게 잡히기 전에 언덕을 넘어 프라하로 가려는 사람들이었다.

그런 공포는 겁먹을 이유가 없는 사람들에게도 퍼질 수 있다. 러시아군을 피해 도망가는 사람 가운데 독일인만 있던 건 아니다. 마치 악마에게 쫓기듯 성큼성큼 프라하로 향해 걸어가던 영국군 일병 하나를 조지와 함께 본 일이 기억난다.

"움직이는 게 좋을 거야, 양키들!" 그가 헐떡이며 말했다. "루스키**들이 근처까지 왔잖아. 그놈들이랑 섞이고 싶진 않겠지, 응?"

굶어죽기 직전이라 좋은 게 하나 있다면 — 그 영국 일병은 아

* 미국 배우(1916~1973).

** 러시아인을 경멸조로 이르는 말.

닌 것 같았다— 굶어죽기 직전이라는 것 말고 다른 일에는 신경 쓸 수 없다는 점이다. "이봐, 당신 잘못 알고 있어. 내가 알기로 우린 걔네랑 같은 편이야." 나는 그에게 외쳤다.

"걔들은 네가 어느 나라 사람인지 물어보지 않아, 양키. 재미 삼아 아무나 다 총으로 쏜다고." 그는 굽은 길을 돌아가 시야에서 사라졌다.

나는 웃었지만 조지를 돌아보고는 놀라고 말았다. 조지는 통통한 손가락으로 숱 많은 붉은 머리를 쓸어넘기고 있었는데, 러시아군이 다가올 방향을 쳐다보는 그의 보름달같이 살찐 얼굴이 새하얬던 것이다. 겁먹은 조지—그건 우리 중 누구도 본 적 없는 모습이었다.

그때까지 조지는 우리끼리 있든 독일군과 있든 모든 상황에서 지시를 내렸다. 조지는 낯짝이 두꺼웠다. 무슨 일이 있어도 허풍을 치거나 구슬려서 해결해낼 수 있었다.

그의 무용담 중에는 앨빈 요크*가 듣고 감탄할 만한 것도 있었다. 우리는 조지만 빼고 모두 같은 사단 소속이었다. 그는 수용소에 혼자 들어왔고, 노르망디상륙작전 때부터 최전방에 있었다고 했다. 우리는 전선에 투입된 지 일주일도 안 되었을 때 진군하던 중에 잡혔다. 조지는 정말 노련한 군인이었고 꽤 존경

* 1차대전에서 활약한 미국 육군(1887~1964).

받을 만했다. 실제로 존경을 받았다. 다들 못마땅해하긴 했지만 존경했다. 제리가 죽기 전까지는.

"친구, 한 번만 더 날 끄나풀이라고 부르면 네 못생긴 얼굴을 으깨주겠어." 나는 조지가 누군가의 귓속말을 듣고 이렇게 말하는 걸 들은 적이 있다. "너한테도 기회가 있었다면 똑같이 할 거잖아. 난 경비병들을 바보 취급하며 갖고 놀 뿐이야. 그놈들은 내가 자기들 편이라고 생각해서 잘해주는 거고. 내가 너한테 피해주는 건 하나도 없으니까, 네 할일이나 알아서 해!"

그것은 탈출 시도 며칠 전, 제리 설리번이 죽기 며칠 전에 있었던 일이다. 누군가 경비병들에게 탈출에 대해 귀띔했다. 최소한 겉으로 보기엔 그랬다. 앞장섰던 제리가 기어나왔을 때, 경비병들이 땅굴 바깥쪽에서 기다리고 있었다. 쏠 필요가 없었는데도 그들은 제리를 쏘았다. 조지가 경비병에게 일러바친 게 아닐 수도 있었다. 하지만 조지가 듣지 않는 곳에서 그렇게 말하는 사람은 없었다.

아무도 대놓고 뭐라고 하는 사람은 없었다. 조지는 덩치가 크고 건강했다는 것을 기억해달라. 게다가 모두 나른한 허수아비로 변하는 동안 조지 혼자 점점 덩치가 불고 성격도 고약해지지 않았나.

그러나 러시아군이 다가오는 지금, 조지의 대담함은 사라져버린 듯했다. "새미, 프라하로 도망가자. 빨리 움직일 수 있게 우리 둘이서만." 조지가 말했다.

"대체 왜 그래?" 내가 말했다. "조지, 우린 그 누구에게서도 도망칠 필요가 없어. 방금 전쟁에서 이겼는데 꼭 진 것처럼 얘기하네. 프라하는 여기서 100킬로미터쯤 된단 말이야. 러시아군은 한두 시간이면 여기 도착할 거고, 아마 우리 전선으로 보내줄 트럭도 있을 거야. 진정해, 조지. 총소리도 안 들리잖아?"

"그놈들이 우릴 쏠 거야, 새미. 분명해. 넌 미군 같아 보이지도 않아. 그놈들은 야만인이야, 새미. 가자, 기회가 있을 때 도망가자고."

내 복장에 대한 말은 옳았다. 찢어지고 얼룩지고 기운 곳투성이라, 나는 미군보다는 빈민가 주민 같아 보였다. 그러나 당연히 조지는 꽤 괜찮은 차림이었다. 경비병들은 조지에게 음식뿐 아니라 담배도 주었고, 수용소 안에서 그가 원하는 것이면 무엇이든 담배와 바꿀 수 있었다. 그렇게 해서 옷을 여러 벌 얻었다. 경비병들은 자기들 숙소의 다리미도 쓸 수 있게 해주었다. 조지는 수용소의 베스트 드레서였다.

조지의 좋은 시절은 이제 끝났다. 이제 누구도 조지와 물물교환을 할 필요가 없었고, 조지를 돌봐주던 사람들은 다 사라졌다. 조지를 겁나게 한 것은 러시아군이 아니라 이런 사실들이리라. "가자, 새미." 조지가 말했다. 팔 개월 동안 가까운 곳에서 지내면서도 내게 다정한 말 한 마디 한 적 없던 조지가 애원하고 있었다.

"가고 싶으면 가." 내가 말했다. "내 허락을 받을 필요는 없잖아. 조지, 그냥 가. 난 다른 사람들이랑 같이 여기 있을래."

조지는 움직이지 않았다. "새미, 너랑 나. 우리는 같이 가야 해." 그가 씩 웃으며 내 어깨에 팔을 둘렀다.

나는 몸을 틀어 빼고 수용소 마당 건너편으로 걸어갔다. 나와 조지의 공통점이라곤 붉은 머리뿐이었다. 걱정이 됐다. 갑자기 친한 척하는 이유가 무엇인지 알 수 없었다. 조지는 늘 뭔가 꿍꿍이가 있는 사람이었다.

조지는 나를 따라와 다시 내 어깨에 두툼한 팔을 둘렀다. "알았어, 새미. 여기서 기다려보자."

"난 네가 어떻게 하든 상관없어."

"알았어, 알았어." 조지는 웃었다. "어차피 한두 시간 정도 기다려야 하니까, 잠깐 내려가서 담배랑 기념품을 가져오면 어떻겠느냐고 말하려던 것뿐이었어. 너랑 나는 둘 다 독일어를 할 줄 아니까 잘될 텐데."

난 담배를 피우고 싶어 죽을 지경이었고, 조지도 그 사실을 알고 있었다. 몇 달 전—꽤 추웠을 때—에 조지에게 내 장갑을 주고 담배 두 개비를 얻은 적이 있었다. 그후로는 한 개비도 피우지 못했다. 조지 때문에 나는 첫 한 모금 맛이 어떨지 생각하게 되었다. 오르막으로 3킬로미터쯤 떨어진 가장 가까운 마을인 페테르스발트에는 담배가 있을 것이다.

“어떻게 할래, 새미?”

나는 어깨를 으쓱했다. “될 대로 되라지. 가자.”

“좋았어.”

“어디 가?” 수용소 마당에 있던 병사 중 하나가 소리쳤다.

“나가서 잠깐 둘러보려고.” 조지가 답했다.

“한 시간 안에 돌아올 거야.” 내가 덧붙였다.

“같이 갈까?” 그가 물었다.

조지는 계속 걸으며 대답하지 않았다. “떼로 몰려가면 다 망쳐버릴 거야.” 조지는 말하며 윙크를 했다. “두 명이 딱 좋아.”

나는 조지를 보았다. 조지의 얼굴엔 붙박이 미소가 떠올라 있었지만, 아직도 잔뜩 겁을 내고 있다는 걸 알 수 있었다.

“뭘 겁내는 거야, 조지?”

“이 조지 님이 겁내는 게 있다고? 그럴 리가 있나.”

우리는 시끄러운 사람들 무리 속에 끼어들어 완만한 오르막을 걸어 페테르스발트로 향했다.

II.

페테르스발트에서 있었던 일을 떠올릴 때면 나는 스스로에게

변명을 하곤 한다. 내가 취해 있었다고, 오랫동안 갇혀서 굶주리다보니 정신이 살짝 나갔었다고. 빌어먹을, 최악은 내가 어쩔 수 없이 그런 게 아니라는 점이다. 다른 방법이 없어서 그런 게 아니었다. 그렇게 하고 싶어서 한 거다.

페테르스발트는 내 기대와 달랐다. 담배 몇 개비와 먹을 것을 구걸하거나 훔칠 수 있는 가게가 적어도 한두 군데는 있을 줄 알았다. 하지만 마을엔 농장 스무 개 정도가 있을 뿐이고, 농장마다 벽과 3미터짜리 문이 있었다. 농장들은 들판이 내려다보이는 녹색 언덕 위에 모두 모여 있어서 굳건한 요새와도 같았다. 하지만 탱크와 포병대가 다가오고 있으니 페테르스발트 함락은 식은 죽 먹기일 것 같았고, 러시아군이 차지하기 위해 싸울 만한 곳이라고는 도무지 여겨지지 않았다.

여기저기 2층에서 백기 — 빗자루 끝에 침대보를 묶은 — 가 휘날렸다. 모든 문은 열려 있었다. 무조건적인 항복이었다.

"여기도 괜찮아 보이는데." 조지가 말했다. 그는 내 팔을 잡고 군중 속에서 끌어내 처음으로 나타난 농장의 문을 지나 딱딱한 마당으로 들어갔다.

집과 농장 건물이 마당의 세 면을 막고 있었고, 나머지 한 면에 벽과 정문이 있었다. 텅 빈 헛간의 열린 문, 잠잠한 집의 창문을 들여다보며 처음으로 내가 실제 어떤 존재인가 인지했다. 나는 겁먹은 이방인이었다. 그때까지 스스로가 특별한 사람인 양

걷고 말하고 행동했다. 유럽의 이런 난장판과는 무관하고, 겁먹을 이유가 하나도 없는 듯 굴었다. 유령 마을에 걸어들어오니 생각이 바뀌었다.

혹은 조지를 무서워하게 된 건지도 모른다. 지금 이렇게 말하는 건 뒤늦은 깨달음일 수도 있다. 확신은 들지 않는다. 어쩌면 마음 깊은 곳에서는 정말 의구심이 들기 시작했는지도 모른다. 조지는 내가 무슨 말을 할 때마다 눈을 지나치게 크게 뜨면서 관심을 보였고, 내게서 손을 떼지 못했다. 붙잡고 두드리고 철썩 치곤 했다. 무언가 하자고 할 때마다 "새미, 너랑 나는……" 하고 말했다.

"안녕하세요!" 조지가 외쳤다. 우리를 둘러싼 벽에서 곧장 메아리가 울리다 이내 잠잠해졌다. 조지는 줄곧 잡고 있던 내 팔을 세게 쥐었다. "아늑하지 않아, 새미? 우리 둘이 여길 독차지한 것 같은데." 조지는 큰 문을 밀어서 닫고 두꺼운 나무 가로대를 채웠다. 나라면 그 문을 조금도 움직일 수 없었을 테지만 조지는 표정도 변하지 않고 문을 닫았다. 조지는 손의 먼지를 털고 씩 웃으면서 내 옆으로 걸어왔다.

"무슨 꿍꿍이야, 조지?"

"승리자들에게 전리품이 가는 거, 맞지?" 그는 문을 발로 차서 열었다. "자, 들어가, 친구. 네 마음대로 해. 아무에게도 방해받지 않고 마음대로 고를 수 있도록 조지가 손을 썼지. 가서 어머니랑 여자친구에게 줄 정말 근사한 걸 찾아보라고."

"내가 원하는 건 담배 한 개비뿐이야." 내가 말했다. "저 문은 열어놔도 아무 상관 없어."

조지는 야전상의 주머니에서 담배 한 갑을 꺼냈다. "내가 어떤 친구인지 보여주지. 하나 피워." 조지는 웃었다.

"담배 한 갑을 통째로 가지고 있으면서 나를 담배 한 개비 때문에 페테르스발트까지 걸어오게 한 거야?"

조지는 집 쪽으로 걸어갔다. "난 너랑 같이 있는 게 좋아, 새미. 이건 칭찬이라고. 붉은 머리들은 같이 뭉쳐야 돼."

"나가자, 조지."

"문은 닫혀 있어. 네 말처럼 겁먹을 것 없어, 새미. 얼굴 좀 펴. 부엌에 가서 먹을 걸 찾아봐. 지금 중요한 건 그런 거잖아. 이 기회를 놓치면 평생 땅을 치고 후회할걸." 조지는 등을 돌리더니 서랍을 열어 식탁 위에 쏟고 속에 든 것을 살피기 시작했다. 1930년대 말 이후로는 들어본 적 없는 옛 노래를 휘파람으로 불며.

나는 방 한가운데에 서서 담배 연기를 깊이 빨아들여 첫 모금의 어지럽고 꿈결 같은 기분을 느꼈다. 눈을 감았다 뜨자 이제는 조지가 걱정되지 않았다. 겁먹을 건 전혀 없다. 커져가던 악몽 같은 느낌은 사라졌다. 나는 긴장을 풀었다.

"여기 살던 사람들은 급히 떠났나봐." 조지는 내게 등을 돌린 채 말했다. 그러고는 작은 병을 들어 보였다. "심장약을 두고 갔어. 우리 엄마가 심장병 때문에 이걸 가지고 있었거든." 그는 병을 다시 서랍에 넣었다. "독일어로도 영어랑 똑같아. 스트리크닌은 참 재미있어, 새미. 적은 양으로 생명을 구해준다니까." 그는 점점 불룩해지는 주머니에 귀걸이 한 쌍을 넣었다. "이걸 받는 여자는 아주 좋아하겠지."

"싸구려 물건을 좋아하는 여자라면 그렇겠지."

"새미, 얼굴 좀 펴라니까? 뭐하려는 거야, 친구가 즐기는 걸 방해라도 하려는 거야? 제발 부엌에 가서 뭐라도 좀 먹어. 나도 곧 갈게."

나 역시 승리자가 되고 전리품을 얻는 일에선 크게 빠지지 않았다. 집 뒤쪽의 부엌 식탁에서 흑빵 슬라이스 세 장과 부채꼴 모양의 치즈 한 조각이 나를 기다리고 있었다. 치즈를 자를 칼을 찾으려고 찬장 서랍을 열었다가 조금 놀랐다. 식칼은 물론이고 권총도 있었다. 권총은 내 주먹보다 그리 크지 않았고, 옆에는 꽉 찬 탄창도 있었다. 나는 권총을 만지작거리며 어떻게 사용하는지 살펴보고 탄창이 총에 맞는지 끼워보았다. 권총은 훌륭한 기념품이 될 만한 예쁜 물건이었다. 나는 어깨를 으쓱하고 다시 서랍에 넣으려 했다. 오늘 러시아군이 닥쳤을 때 총을 지니고 있는 것을 들키면 그건 자살 행위일 것이다.

"새미! 너 대체 어디 있어?" 조지가 외쳤다.

나는 바지 주머니에 총을 넣었다. "부엌에 있어, 조지. 뭣 좀 찾았어? 엄청난 보물이라도 찾은 거야?"

"그보다 더 좋은 거야, 새미." 방으로 들어오는 조지의 얼굴은 밝은 분홍빛이었고 호흡은 거칠었다. 여러 방에서 그러모은 잡동사니가 야전상의 주머니마다 가득해서 실제보다 더 뚱뚱해 보였다. 그는 브랜디 병을 식탁 위에 쾅 하고 놓았다. "이거 어때, 새미? 이제 우리 둘이서 조촐한 승리 파티를 할 수 있지 않겠어? 뉴저지의 집에 돌아가서 부모님께 조지한테 받은 게 없다는 말은 하지 마." 그러면서 내 등을 탁 쳤다. "꽉 찬 병을 찾았는데 이제 반밖에 안 남았어, 새미. 그러니까 너도 얼른 따라잡아."

"난 안 마시는 게 낫겠어, 조지. 고맙지만 지금 상태로는 술을 마셨다가 죽을지도 몰라."

그는 얼굴 가득 헤픈 웃음을 띤 채 나를 보며 의자에 앉았다. "샌드위치 먹고 나면 한잔할 마음이 들 거야. 전쟁은 끝났다고! 한잔할 만한 일 아니야?"

"나중에 마시자."

조지도 더 마시지 않았다. 잠시 조용히 앉아 뭔가를 골똘히 생각했고, 나는 침묵 속에서 음식을 먹었다.

"네 식욕은 어떻게 된 거야?" 마침내 내가 물었다.

"아무것도 아니야. 식욕은 여전해. 아침에 먹었거든."

"나한테도 먹으라고 해줘서 고맙군. 뭐였어, 경비병들이 작별

인사로 준 음식이었어?"

그는 마치 내가 자신의 협상 솜씨를 칭찬하기라도 했다는 듯 미소를 지었다. "왜 그래, 새미. 내가 마음에 안 들어?"

"내가 뭐라고 했어?"

"넌 아무 말 안 해도 돼. 너도 다른 놈들이랑 똑같아." 그는 의자에 기대고 양팔을 벌렸다. "우리가 미국에 돌아가면 나를 부역자로 고발하겠다는 놈들이 있다더군. 새미, 너도 그럴 거야?" 그는 정말 차분했다. 심지어 하품을 했다. 그러고는 내게 대답할 틈도 주지 않고 계속 말을 이었다. "이 조지는 불쌍하기도 하지, 온 세상에 친구 하나 없잖아? 이제 조지는 홀로 남았잖아? 너희들은 비행기를 타고 곧장 집에 가겠지만, 군대는 조지 피셔만큼은 붙잡아놓고 얘기를 하려고 할 거야, 그렇지?"

"너 취했어, 조지. 그런 말 마. 아무도 널……"

그가 한 손으로 식탁을 짚고 균형을 잡으며 일어섰다. "아니야, 새미. 나 다 파악했어. 부역자였다는 건 곧 배반이지? 교수형을 당할 수 있는 일이잖아?"

"진정해, 조지. 널 교수형에 처하려는 사람은 아무도 없어." 나는 천천히 일어섰다.

"새미, 난 다 파악했다니까. 조지 피셔 노릇은 더 못 해먹겠으니 이제 어떻게 해야 할 것 같아?" 그는 셔츠 깃을 들쑤셔 군번줄을 벗어 바닥에 던졌다. "새미, 난 다른 사람이 되어야겠어.

정말 똘똘한 생각 아니야?"

탱크 소리에 찬장의 그릇들이 달그락거리기 시작했다. 나는 문 쪽으로 갔다. "네가 뭘 어쩌든 난 상관없어, 조지. 널 신고하지 않을 거야. 내가 원하는 건 몸성히 집으로 돌아가는 것뿐이고, 이제 수용소로 돌아갈 거야."

조지는 나와 문 사이에 끼어들어 내 어깨에 손을 얹었다. 그러고선 내게 윙크를 하고 씩 웃었다. "잠깐 기다려, 친구. 난 아직 말을 다 안 했거든. 네 친구 조지가 이제 어떻게 할지 궁금하지 않아? 관심이 있을 텐데."

"안녕, 조지."

조지는 물러서지 않았다. "앉아서 한잔 들어, 새미. 진정하라고. 너랑 나, 우리 둘은 수용소로 돌아가지 않아도 돼. 수용소 놈들은 조지 피셔가 어떻게 생겼는지 아니까, 돌아가면 다 물거품이 되지 않겠어? 며칠 기다렸다가 아무도 나를 모르는 프라하에 가는 게 더 현명할 것 같아."

"난 아무 말도 안 할 거라고 했잖아, 조지. 아무 말도 안 할 거야."

"앉으라고 했어, 새미. 한잔 마셔."

나는 멍하고 피곤했고, 거친 흑빵을 먹어서 속이 좋지 않았다. 그리고 앉았다.

"그래야 내 친구지." 그가 말했다. "내 말을 이해한다면 오래 걸리진 않을 거야, 새미. 난 이제 조지 피셔 노릇을 그만두고 다른 사람이 되겠다고 했어."

"그래. 좋아, 조지."

"문제는, 새 이름과 그에 맞는 군번줄이 필요하다는 거지. 네 군번줄이 마음에 드는데. 얼마면 될까?" 조지의 얼굴에서 미소가 사라졌다. 조지는 식탁 위로 몸을 내밀었다. 땀에 젖은 그 뚱뚱한 분홍빛 얼굴이 내 얼굴 앞으로 한 뼘 거리에 와 있었다. 그가 속삭였다. "어떻게 할래, 새미? 현금 이백 달러와 이 시계를 주고 군번줄을 살게. 이 정도면 새 라살 시계를 살 수 있잖아? 시계를 봐, 새미. 뉴욕에서 천 달러는 할 거야. 정시마다 시간을 알려주고, 날짜도 나오고……"

라살이 망했다는 걸 조지가 깜박했다니 우스웠다. 그가 바지 뒷주머니에서 지폐 뭉치를 꺼냈다. 우리가 포로로 잡혔을 때 독일군이 돈을 압수했지만, 옷 안감에 지폐를 숨겨둔 녀석들이 있었다. 담배를 장악한 조지는 독일군이 빼앗지 못한 돈을 전부 손에 넣었다. 수요와 공급이라는 것이다. 담배 한 개비에 오 달러였다.

하지만 그 시계는 의외였다. 조지는 이제까지 함구하고 있었다. 그럴 만도 했다. 탈출하다 총에 맞은 제리의 시계였으니.

"제리 시계는 어디서 났어, 조지?"

조지는 어깨를 으쓱했다. "근사하지 않아? 제리한테 담배 백 개비를 줬어. 가진 돈을 다 털었지."

"언제, 조지?"

그는 더이상 자신감 넘치는 미소를 지어 보이지 않았다. 거칠고 무례하게 굴었다. "언제라니, 그게 무슨 말이야? 궁금하다니까 얘기하지만, 죽기 직전이었어." 그는 양손으로 머리를 쓸어 넘겼다. "그래, 내가 제리를 죽였다고 말하고 싶다면 그렇게 해. 그렇게 생각하고 있잖아, 그냥 말해버리라고."

"그런 생각은 안 했어, 조지. 그런 거래를 했다니 네가 정말 운이 좋았다고 생각했을 뿐이야. 제리는 그 시계가 자기 할아버지 거였고, 뭘 줘도 바꾸지 않을 거라고 했거든. 그뿐이야. 제리가 거래를 했다는 데 놀랐을 뿐이야." 나는 부드럽게 말했다.

"무슨 소용이 있어?" 조지는 화가 나서 말했다. "내가 아무 관련이 없다는 걸 어떻게 증명할 수 있겠어? 나는 팔자 좋게 지내는데 너희들은 그렇지 못했다고 해서 내 탓으로 몰았잖아. 난 제리와 정당하게 거래했고, 이걸 부정하는 놈이 있다면 죽여버리겠어. 지금은 너랑 정당하게 거래하는 거야, 새미. 돈이랑 시계를 갖고 싶어, 갖고 싶지 않아?"

나는 탈출 시도가 있었던 밤을 회상했다. 제리가 굴속으로 기어들어가기 직전에 "아, 담배 한 개비만 있었으면 좋겠다"고 말했던 게 기억났다.

탱크 소리가 제법 요란하게 들렸다. 수용소를 지나 페테르스발트 코앞까지 온 것 같았다. 장난칠 수 있는 시간이 많지 않았다. "그래 조지, 좋은 거래네. 훌륭해. 하지만 네가 내가 되면, 나는 어쩌지?"

"네가 할일은 거의 없어, 친구. 네가 누구인지 잠시 잊기만 하면 돼. 프라하에서 포로가 된 다음, 네가 누구인지 까먹었다고 말해. 내가 미국에 돌아갈 수 있을 만큼만 시간을 끌어줘. 열흘, 새미. 그거면 돼. 분명 먹힐 거야. 우리 둘 다 붉은 머리고 키도 비슷하니까."

"내가 진짜 샘 클라인한스라는 게 밝혀지면 어떻게 되는데?"

"나는 미국 어딘가에 숨어 있을 거야. 절대 잡히지 않을 거야." 조지는 참을성을 잃어가고 있었다. "새미, 거래하는 거야?"

먹힐 리 없는 말도 안 되는 계획이었다. 조지의 눈을 들여다보니 자신도 그걸 알고 있는 듯했다. 어쩌면 술기운 때문에 이게 가능할 거라고 믿었는지도 모르겠다. 하지만 이제 생각이 바뀌는 모양이었다. 나는 식탁 위의 시계를 보고, 제리가 죽은 채 수용소로 돌아온 일을 생각했다. 조지가 제리를 나르는 걸 도왔던 게 생각났다.

나는 주머니에 든 총을 생각했다. "지옥에나 가, 조지." 내가 말했다.

조지는 놀란 것 같지 않았다. 그리고 술병을 내 앞으로 밀었다. "한잔하면서 생각해봐." 그가 차분한 목소리로 말했다. "네가 그러면 우리 둘 다 더욱 힘들어질 뿐이야." 나는 술병을 되밀었다. "세게 나오는군. 네 군번줄이 꼭 필요해, 새미."

나는 바싹 긴장했지만 아무 일도 일어나지 않았다. 그는 내 생각보다 더 겁쟁이였다.

조지는 시계를 들고 엄지로 용두를 눌렀다. "들어봐, 새미. 정각마다 소리가 나."

나는 시곗소리를 듣지 못했다. 바깥은 아수라장이 되었다. 귀가 멀 듯한 쇳소리와 천둥 같은 탱크 소리, 폭발음, 거칠고 행복한 노랫소리가 들려왔다. 그리고 비명 지르는 듯한 아코디언이 그 모든 소리를 압도했다.

"그들이 왔어!" 내가 외쳤다. 정말로 전쟁이 끝난 것이다! 이제는 믿을 수 있었다. 나는 조지, 제리, 시계를 잊었다. 신나는 소음을 제외한 모든 것을 잊었다. 창가로 달려갔다. 벽 위로 연기와 먼지가 잔뜩 일었고, 대문을 두드리는 소리가 났다. "이제 다 끝났어!" 나는 웃음을 터뜨렸다.

조지는 창가에 있던 나를 끌어당겨 벽으로 밀었다. "그래, 이제 다 끝났어!" 그가 말했다. 그의 얼굴엔 공포가 가득했다. 그는 내 가슴에 권총을 댔다. 그리고 내 군번줄을 움켜쥐고 확 잡아챘다.

무언가 쪼개지는 날카로운 소리가 나더니 신음하는 듯한 금속성 소리가 들려왔다. 대문이 활짝 열렸다. 엔진이 마구 도는 탱크가 나타났고, 거대한 바퀴가 박살난 대문을 밟고 섰다. 조지가 소리 나는 쪽을 돌아보는 순간, 탱크 포탑에서 러시아군 두 명이 미끄러져내려와 기관단총을 들고 마당으로 재빨리 걸어들어왔다. 그들은 창문마다 살피며, 내가 이해할 수 없는 말로 무언가 외쳤다.

"그 총을 보면 우릴 죽일 거야!" 내가 외쳤다.

조지는 고개를 끄덕였다. 무척 놀란 듯했고, 꿈이라도 꾸는 사람 같았다. "응." 조지가 말했다. 그러고는 방 건너편으로 총을 던졌다. 총은 빛바랜 바닥 위를 미끄러져 어두운 구석에 멈추었다. "손 들어, 새미." 그는 내게 등을 돌리고 러시아군이 쿵쿵거리며 걸어들어오는 복도 쪽을 바라보며 머리 위로 양손을 들었다. "내가 취해서 잠깐 미쳤나봐, 새미. 제정신이 아니었어." 그가 속삭였다.

"그럼, 조지. 그랬던 거지."

"이런 상황에서 우리 둘은 뭉쳐야 돼, 새미, 내 말 들어?"

"어떤 상황인데?" 나는 양팔을 내린 채로 외쳤다. "어이, 루스키, 잘들 지내시나?"

난폭해 보이는 십대 러시아군 두 명이 기관단총을 쏠 태세를 갖추고 방안으로 성큼성큼 들어왔다. 둘 다 미소는 짓고 있지 않았다. "손 들어!" 한 명이 독일어로 명령했다.

"미국인이에요." 나는 힘없이 독일어로 말하고 양손을 들었다.

둘은 놀란 듯했다. 우리에게 눈을 떼지 않은 채 속삭이며 대화를 주고받았다. 처음에는 얼굴을 찡그렸지만 얘기를 나누며 점점 쾌활해졌고, 마침내 우리에게 활짝 웃어 보였다. 미국군과 친하게 지내는 게 자기들 방침에 맞는지 서로 확인해야 했던 게 아닌가 싶다.

"인민들에게 위대한 날입니다." 독일어를 할 줄 아는 사람이 근엄하게 말했다.

"위대한 날이죠." 나도 동의했다. "조지, 저 친구들에게 한잔 줘."

그들은 행복한 표정으로 병을 바라보며 고개를 끄덕이고 킬킬 웃으면서 선 채로 몸을 앞뒤로 흔들었다. 예의바르게도 그들은 위대한 날을 위해 조지에게 먼저 마시라고 우겼다. 씩 웃는 조지는 불안해 보였다. 병이 입술에 닿기 직전, 조지가 병을 놓쳐 바닥에 떨어져 깨지고 우리 발에 술이 튀었다.

"저런, 미안해요." 조지가 말했다.

내가 주우려고 몸을 숙였지만 러시아군이 나를 말렸다. "보드카가 그 독약 같은 독일 술보다 좋아요." 독일어를 할 줄 아는 러시아군이 진지하게 말하고는 상의에서 큰 병을 꺼냈다. "루스벨트!" 그는 통 크게 한 모금 마시고 조지에게 병을 건넸다.

병은 네 바퀴 돌았다. 루스벨트, 스탈린, 처칠, 지옥에서 불에 탈 히틀러를 위해 한 모금씩 마셨다. 마지막 건배는 내가 떠올린 것이었다. "약한 불에서 오래 타기를." 나는 덧붙였다. 러시아군은 그 말을 아주 재미있어했지만, 장교가 대문에 나타나 소리치자 그들의 웃음이 싹 가셨다. 그들은 우리에게 서둘러 경례하고 병을 낚아챈 다음 밖으로 달려나갔다.

우리는 그들이 탱크에 기어오르는 모습을 지켜보았다. 탱크는 대문에서 물러나 길을 따라 내려갔다. 둘은 우리에게 손을 흔들었다.

보드카를 마시니 머리가 띵했다. 몸이 뜨거워졌고 기분이 아주 좋았다. 거칠고 잔인해지기도 했다. 조지는 잔뜩 취해서 비틀거렸다.

"내가 뭘 하고 있었는지 모르겠어, 새미. 나는……" 조지는 말끝을 흐렸다. 그러면서 자기 총이 있는 구석으로 가고 있었다. 눈을 가늘게 뜨고 비틀거리며 거만하게 굴었다.

나는 조지의 앞을 막아서고 내 바지 주머니에서 작은 권총을 꺼냈다. "내가 뭘 찾았는지 봐, 조지."

조지는 멈춰 서서 권총을 보며 눈을 깜박였다. "좋아 보이는데, 새미." 그가 손을 내밀었다. "나도 좀 보자."

나는 안전장치를 풀었다. "앉아, 조지, 친구야."

그는 내가 식탁 옆에 놓아둔 의자에 털썩 앉았다. "이해가 안 되는데." 그러고는 중얼거렸다. "친구를 쏘지는 않겠지, 새미?" 그는 애원하듯 나를 바라보았다. "너한테 정당한 거래를 제안했잖아? 난 언제나……"

"내가 군번줄을 그냥 넘겨줄 거라고 생각할 만큼 넌 바보가 아니잖아? 난 네 친구가 아니고, 그 사실은 너도 잘 알아. 그렇지, 조지? 네가 이걸 갖는 방법은 날 죽이는 것뿐이야. 너도 그렇게 생각하지 않았어?"

"제리가 죽은 이후 다들 이 조지를 못 잡아먹어 안달이야. 새미, 하느님께 맹세코 나는……" 그는 말을 끝맺지 않았다. 고개를 가로젓더니 한숨을 내쉬었다.

"불쌍한 조지, 정말 안됐군. 날 쏠 기회가 있었는데 그럴 배짱조차 없고." 나는 조지가 떨어뜨린 병을 주워 그 앞에 놓았다. "지금 너한테 필요한 건 술 한잔이야. 알겠어, 조지? 세 잔은 족히 남았겠군. 다 쏟지 않아서 다행이지?"

"더 마시고 싶지 않아, 새미." 그는 눈을 감았다. "그 총 좀 치워줄래? 널 해칠 생각은 전혀 없었어."

"한잔하라고 했어." 그는 움직이지 않았다. 나는 계속 총을 겨눈 채 맞은편에 앉았다. "시계 내놔, 조지."

그가 갑자기 잠에서 깨어나는 듯했다. "네가 원하는 게 그거야? 그래, 새미, 여기 있어. 이걸로 되는 거라면, 가져가. 내가 술에 취하면 어떻게 되는지 설명할 방법이 있을까? 그냥 통제력을 잃어버린다니까." 그는 내게 제리의 시계를 건넸다. "받아, 새미. 이 조지가 네게 한 일을 생각하면, 넌 이걸 가질 자격이 있고도 남지."

나는 시계를 정오로 맞추고 용두를 눌렀다. 작은 차임벨이 일초에 두 번씩 총 열두 번 울렸다.

"뉴욕에서 천 달러는 할 거야, 새미." 차임벨이 울리자 그가 잠긴 목소리로 말했다.

"이 시계가 열두 번 울리는 동안," 내가 말했다. "넌 저 병에 담긴 술에서 한 잔을 마셔야 돼."

"무슨 말인지 모르겠군. 속셈이 뭐야?"

나는 시계를 식탁에 놓았다. "네가 했던 말대로야, 조지. 스트리크닌은 참 재미있어. 적은 양으로 생명을 구해준다니까." 나는 시계의 용두를 다시 눌렀다. "제리 설리번을 위해 한 잔 마셔, 친구."

차임벨이 다시 울렸다. 여덟…… 아홉…… 열…… 열하나…… 열둘. 방안은 조용했다.

"그래, 나 안 마셨어." 조지가 씩 웃으며 말했다. "이제 어떻게 되는 거지, 보이스카우트?"

III.

이 이야기를 시작할 때, 살인 이야기인 것 같다고 했다. 지금은 잘 모르겠다.

나는 미군 전선까지 돌아갔다. 조지는 배수로에서 주운 권총을 만지작거리다 실수로 죽었다고 보고했다. 그런 내용의 진술서에 서명도 했다.

알게 뭐람, 조지는 죽었다. 죽었으면 죽은 것 아닌가? 내가 조지를 쐈다고 말해서 이득을 볼 사람이 누가 있겠는가? 내 영혼? 어쩌면, 조지의 영혼?

음, 이내 정보부대에서 이 진술의 수상쩍은 점을 눈치챘다. 미국 송환선을 기다리는 전쟁포로를 전부 모아둔 프랑스 르아브르 근처의 럭키 스트라이크 캠프에서, 나는 정보부대가 차려놓은 텐트로 호출을 받았다. 캠프에 온 지 이 주째였다. 다음날 오후에 배를 타게 되어 있었다.

백발의 소령이 물었다. 그는 진술서를 앞에 놓고서 배수로에서 권총을 주웠다는 얘기엔 크게 관심을 보이지 않고 넘어갔다. 그는 조지가 수용소에서 어떻게 굴었는지 잠시 물었고, 정확히 어떻게 생겼는지 알고 싶어했다. 그는 내가 하는 말을 적었다.

"그 이름은 확실한가?" 그가 물었다.

"네, 그리고 군번도 확실합니다. 여기 조지의 군번표가 있습니다. 다른 군번표는 시체와 함께 두었습니다. 죄송합니다, 여태껏 제출하려고 생각하고 있었습니다."

소령은 군번표를 한참 살피더니 마침내 진술서에 붙인 뒤 두

꺼운 서류철 안에 넣었다. 겉면에 조지의 이름이 쓰여 있는 게 보였다. "이제 어떻게 해야 할지 잘 모르겠군." 그가 말하며 서류철의 끈을 만지작거렸다. "대단한 놈이었군, 조지 피셔." 그러고는 내게 담배를 권했다. 나는 받아들었지만 바로 불을 붙이지는 않았다.

이게 끝이구나. 어찌된 건지는 모르겠지만 저들이 자초지종을 알아냈구나, 나는 그렇게 생각했다. 소리라도 지르고 싶었지만 나는 이를 앙다문 채 계속 미소를 지었다.

소령은 천천히 다음 말을 이었다. "그 군번표는 가짜라네." 그리고 마침내 살짝 미소를 지으며 말했다. "미군 실종자 중에 그런 이름은 없어." 그가 몸을 앞으로 빼고 내 담배에 불을 붙여주었다. "이 서류철을 독일군에 넘겨서 친족에게 사망 소식을 전하게 해야 할 것 같군."

조지 피셔가 혼자 수용소에 잡혀온 것이 팔 개월 전이었고 그 전에는 조지 피셔를 한 번도 본 적이 없었지만, 그가 어떤 녀석인지 진작 알았어야 했다. 나는 그런 아이들과 함께 자랐다. 독일 정보부대에서 일을 얻은 걸 보면 분명 훌륭한 나치였을 것이다. 전에 말했듯이, 분트 아이들 대부분이 독일에서 그렇게 성공하지 못하기 때문이다. 그들 중 전쟁이 끝나고 미국으로 돌아온 사람들이 얼마나 되는지 모르지만, 내 친구 조지 피셔는 거의 성공할 뻔했다.

내가 생각하는 진짜 남자다운 남자는 총기 안전을 아는 사람이다.

사령관의 책상

나는 체코슬로바키아의 마을 베다에 있는 내 작은 가구 공방의 창가에 앉아 있었다. 남편을 잃은 딸 마르타가 커튼을 걷은 다음, 자기 머리로 내 시야를 가리지 않도록 조심하며 창문 한쪽 틈으로 미국 병사들을 내다보았다.

"얼굴 좀 보게 저 사람이 이쪽을 돌아보면 좋겠구나. 마르타, 커튼을 좀더 걷으렴." 내가 조바심을 내며 말했다.

"저 사람이 장군인가요?" 마르타가 말했다.

"베다의 사령관으로 장군이 온다고?" 나는 웃었다. "상병이나 될까. 다들 참 잘 먹고 지낸 모습이지 않니? 아아아, 저 사람들은 먹을 게 있구나. 잘들 먹나봐!" 나는 검은 고양이의 등을 쓰다듬었다. "자, 야옹아, 이제 길만 건너면 처음으로 미국 크림을 맛볼 수 있단다." 나는 양손을 머리 위로 번쩍 들었다. "마르타, 느껴지니, 느껴져? 러시아군이 떠났어, 마르타. 떠났단다!"

우리는 미국 사령관의 얼굴을 보고 싶어 열심히 밖을 내다보았다. 그는 몇 주 전까지 러시아 사령관이 쓰던 길 건너편 건물에 들어가고 있었다. 미국 병사들은 쓰레기와 쪼개진 가구를 발로 걷어차며 안으로 들어갔다. 창밖에는 잠시 동안 볼거리가 하나도 없어졌다. 나는 의자에 기대 눈을 감았다.

"이제 끝났어. 죽이는 건 다 끝난 거야." 내가 말했다. "그리고 우린 살아 있어. 이게 가능하리라고 생각했니? 제정신 박힌 사람이라면 모든 게 끝나고도 살아 있으리라 생각했겠어?"

"살아 있음을 부끄러워해야 할 것만 같아요." 마르타가 말했다.

"이 세상은 아마 앞으로도 오래, 오랫동안 그런 느낌을 가질 거야. 네가 그 모든 살인 행위에 죄책감을 느끼지 않아도 된다는 점은 신께 감사드릴 수 있어. 이 한가운데서 무력한 존재였다는 것엔 그런 장점이 있지. 미군이 어깨에 짊어진 죄책감을 생각해봐. 모스크바 폭격에서 수십만 명이 죽었고, 키예프에서는 오만 명……"

"러시아군의 죄책감은요?" 마르타가 열성적으로 물었다.

"아니, 러시아군은 아니야. 그게 전쟁에서 패했을 때의 기쁨 중 하나고. 항복하면서 재산과 함께 죄책감을 넘겨주고, 죄 없고 힘없는 사람들과 같은 등급이 되는 거야."

고양이가 나무 의족에 옆구리를 비비며 가르랑거렸다. 보통 의족을 한 사람들은 그 사실을 최대한 숨기려고 하는 것 같다. 나는 1916년에 오스트리아 보병으로 참전했다가 왼쪽 다리를 잃었고, 1차대전 후 직접 만든 근사한 참나무 의족을 자랑하려고 바지 왼쪽 단을 더 짧게 해서 입는다. 의족에는 조르주 클레망소*와 데이비드 로이드 조지**, 그리고 내가 스물다섯 살 때인 1919년, 오스트리아·헝가리제국의 잿더미에서 체코공화국을 독립할 수 있게 도와준 미국 대통령 우드로 윌슨의 얼굴을 새겨 놓았다. 그 아래에 두 사람의 그림이 더 있다. 체코공화국의 초대 지도자인 토마시 마사리크와 에드바르트 베네시의 얼굴이 각각 화환에 둘러싸여 있다. 더 들어가야 할 얼굴들이 있다. 이제 우리에게 다시 한번 평화가 찾아왔으니 새길 수 있을지도 모르겠다. 이후 삼십 년간 의족에는 단 한 번 날카로운 자국을 새겼는데, 그것들은 투박하고 흐릿하다. 어쩌면 야만적일 수도 있다. 쇠로 된 끝부분 근처에 깊게 새긴 자국 세 개다. 나치 점령 시절인 1943년 어느 날 밤, 내가 산비탈로 떨어뜨린 차에 타고 있던 독일 장교 셋을 상징한다.

길 건너의 저 사람들이 내가 처음 보는 미국인은 아니다. 공

* 1차대전에서 프랑스를 승리로 이끈 육군 장관(1841~1929).

** 1차대전 당시 영국 총리(1863~1945).

화국 시절, 프라하에 가구 공장을 소유하고서 미국 백화점의 납품업자들과 거래를 아주 많이 했다. 나치들이 온 뒤, 공장을 잃고 수데테란트 언덕의 조용한 마을인 이곳 베다로 왔다. 아내는 그후 얼마 안 되어 세상을 떴다. 그 당시 사인 중 가장 드문, 자연사였다. 그러고 나자 외동딸 마르타밖에 남지 않았다.

나치가 가고, 2차대전의 러시아군이 가고, 체코 공산주의자들이 가고, 다시 한번 러시아군이 지나가고 난 지금, 미국 병사들을 보고 있으니 신을 찬미할 일이다. 이날이 올 거라는 기대만이 목숨을 부지하게 했다. 공방 바닥 밑에 스카치위스키 한 병을 숨겨놓았다. 그 술은 내내 나의 의지력을 시험해왔지만 나는 숨겨둔 곳에 그대로 놔두었다. 언젠가 마침내 미국 병사들이 찾아왔을 때 선물하기 위해.

"나오고 있어요." 마르타가 말했다.

눈을 떠보니 길 건너편에서 다부진 붉은 머리 소령이 양손을 엉덩이에 얹고 나를 쳐다보고 있었다. 피곤하고 짜증이 난 모습이었다. 키가 크고 건장한 젊은이가 건물 밖으로 성큼성큼 걸어나와 그의 옆에 섰다. 동작이 느리고, 덩치를 제외하면 이탈리아인처럼 생긴 그는 대위였다.

그들을 보며 눈을 껌벅인 내 모습이 바보 같았을지도 모르겠다. "이쪽으로 오고 있어!" 나도 모르게 흥분해서 외쳤다.

소령과 대위 둘 다 푸른색 소책자를 내려다보며 걸어들어왔다. 체코어 예문이 적힌 책인 모양이었다. 덩치 큰 대위는 수줍어하는 것 같았고, 붉은 머리 소령은 약간 적대적으로 느껴졌다.

대위가 손가락으로 책장 가장자리를 훑으며, 낙심한 듯 고개를 가로저었다. "'기관총, 박격포, 오토바이…… 탱크, 지혈대, 참호.' 서류 캐비닛이나 책상, 의자 같은 건 없습니다."

"뭘 기대했나?" 소령이 말했다. "이건 군인을 위한 책이지, 호모 종업원들이 보는 책이 아니잖아." 소령은 책을 노려보더니 내게 전혀 알아들을 수 없는 말을 하고는 무언가를 기대하며 나를 바라보았다. "정말 끝내주는 책이군. '통역자를 구해달라'는 말이라는데, 저 늙은이는 우방기* 지역 시라도 들은 것처럼 굴잖아."

"신사분들, 전 영어를 합니다." 내가 말했다. "제 딸 마르타도 그렇고요."

"맙소사, 정말 영어를 하는군." 소령이 말했다. "당신한텐 잘된 일이야, 할배." 소령은 내가 작은 개라도 된 것 같은 기분이 들게 했다. 작은 개치고는 영리하게도 고무공을 옳게 물어 온.

나는 소령에게 손을 내밀고 이름을 말했다. 그는 주머니에 넣은 손을 꺼내지 않은 채 거만하게 내 손을 내려다보았다. 내 얼굴이 붉어지는 게 느껴졌다.

"제 이름은 폴 도니니 대위입니다." 젊은 남자가 황급히 말했

* 중앙아프리카를 흐르는 강.

다. "이분은 로슨 에번스 소령이십니다." 대위가 내 손을 잡고 악수했다. "선생님," 그는 마치 아버지가 아이를 부르는 듯 깊은 목소리로 말했다. "러시아군이……"

그때 소령이 욕설을 내뱉었고 나는 입이 떡 벌어졌다. 살면서 언제나 군인들의 말을 들어왔던 마르타도 깜짝 놀랐다.

도니니 대위는 부끄러워했다. "러시아군이 가구를 전혀 남겨두지 않았더군요." 그가 말을 이었다. "혹시 이 가게에 있는 가구를 좀 쓸 수 있을까 해서 왔습니다."

"그렇지 않아도 드리려 했습니다." 내가 말했다. "다 부숴버리고 떠났다니 비극이지요. 그들은 베다에서 가장 아름다운 가구들을 압수해서 갔어요." 나는 미소를 지으며 고개를 가로저었다. "아아, 그 자본주의자의 적들. 자기들 막사를 작은 베르사유 궁전처럼 꾸며놨더군요."

"저희도 부서진 잔해는 봤습니다." 대위가 말했다.

"자기들이 더는 그런 보물을 갖지 못하자, 다른 누구도 가질 수 없게 됐지요." 나는 도끼를 휘두르는 사람 시늉을 해 보였다. "그러고 나면 우리가 사는 세상은 좀더 지루해지지요. 보물이 적어졌으니까요. 부르주아들의 보물일지는 몰라도, 아름다운 물건을 갖지 못하는 사람들은 세상 어딘가에 그런 것들이 있다는 생각만 해도 좋은 법이거든요."

대위는 유쾌히 고개를 끄덕였지만, 에번스 소령은 내 말에 불쾌해하는 듯해 나는 놀랐다.

“음, 어쨌든,” 내가 말했다. “필요하신 게 있으면 다 가져가세요. 도와드릴 수 있다면 영광입니다.” 나는 지금이 스카치위스키를 권하기에 적절한 순간일까 생각했다. 상황이 예상과 다르게 돌아가는 듯했으니.

“아주 똑똑한 할배로군.” 소령이 톡 쏘아 말했다.

소령이 암시하는 것이 무엇인지 불현듯 알아차렸다. 충격이었다. 그는 내가 적들 중 하나라고 말하고 있었다. 내가 겁을 먹었으니 협조해야 한다는 뜻이었다. 그는 내가 두려워하기를 바랐다.

잠깐이지만 몸이 아파왔다. 훨씬 젊고 기독교 신앙이 더 독실했던 한때, 나는 일을 해결하기 위해 공포에 의존하는 자들은 아픈 사람이고, 안쓰럽고 불쌍할 정도로 외로운 사람이라는 말을 즐겨 했다. 후에 그런 자들이 넘쳐나는 군대를 보고서야 외로운 사람은 바로 나 같은 사람임을 알게 되었다. 어쩌면 아프고 안쓰러운 사람이기도 할지 모르지만, 그걸 인정하느니 자살하겠다.

새 사령관에 대한 내 판단은 분명 잘못되었을 것이다. 너무 오랫동안 의심해왔고—이제 늙었으니 이렇게 말할 수 있다—너무 오랫동안 두려워해왔다고 스스로에게 얘기했다. 하지만 마르타 역시 공기 중에 떠도는 공포, 위협을 느꼈음을 알 수 있었다. 마르타는 수년간 그래왔듯 자신의 온기를 밋밋하고 새침한 가면 뒤에 숨기고 있었다.

"네." 내가 말했다. "쓰고 싶으신 게 있으면 무엇이든 가져가세요."

소령은 내가 잠을 자고 일을 하는 뒷방의 문을 밀어 열었다. 내가 주인 노릇을 하는 것도 이제 끝이다. 나는 창가의 의자에 털썩 앉았다. 도니니 대위는 불편해하며 마르타와 내 곁에 있었다.

"이곳 산속은 참 아름답더군요." 대위가 어색하게 말했다.

우리는 불편한 침묵으로 빠져들었다. 소령이 뒷방을 뒤지는 소리가 가끔 정적을 깼다. 나는 대위를 꼼꼼히 살펴보았고, 그가 소령과 동갑일 수도 있지만 훨씬 소년 같아 보인다는 사실을 깨달았다. 대위가 전장에 있는 모습을 상상하기란 어려웠고, 전장 아닌 다른 곳에 있는 소령의 모습을 상상하기도 어려웠다.

에번스 소령이 나지막이 휘파람을 부는 게 들렸고, 나는 그가 사령관의 책상을 찾아냈다는 걸 알 수 있었다.

"소령님은 굉장히 용감한 분이신가봅니다, 훈장이 정말 많으시네요." 마르타가 마침내 말했다.

도니니 대위는 자기 상사에 대해 설명할 기회가 생겨서 고마운 듯했다. "엄청나게 용감한 분이셨고, 지금도 그렇습니다." 그는 열심히 말했다. 소령과 베다에 온 병사 대부분이 무척 유명한 기갑사단 출신이라고 했는데, 그의 말을 들어보니 공포도 피로도 모르고, 훌륭한 전투를 그 무엇보다 사랑한다는 것 같았다.

나는 그런 부대 이야기를 들으면 늘 그러듯 경탄하며 혀를 끌끌 찼다. 미국, 독일, 러시아 장교들에게서 그런 얘기들을 들어 보았다. 1차대전 때 우리 부대 장교들 역시 내가 그런 부대 소속이라고 진지하게 선언했다. 어떤 군인이 전쟁을 사랑하는 부대에 대해 말한다면, 그 군인이 맨정신이면서 총에 맞은 적이 있다면, 그 말을 믿을지도 모른다. 정말 그런 부대가 있다면 전쟁이 없을 때는 드라이아이스에 넣어 고이 보관해둬야 할 것이다.

"대위님은 어떠세요?" 대위가 들려주는 에번스 소령의 유혈 낭자한 인생 이야기를 마르타가 끊었다.

대위가 미소를 지었다. "저는 유럽에 온 지 얼마 안 됐습니다. 이런 표현을 써도 될지 모르겠지만, 아직 똥오줌을 못 가리는 상태죠. 제 폐에는 조지아주 포트베닝 훈련소의 공기가 아직 남아 있어요. 소령님은 영웅이시죠. 삼 년 동안 쉬지 않고 싸우셨어요."

"그런데 내가 여기서 썩게 될 줄은 몰랐지. 군 서기이자 통곡의 벽 신세가 되어서 말이야." 에번스 소령이 뒷방 문간에 서서 말했다. "할배, 나 저 책상을 갖고 싶소. 당신이 쓰려고 만들던 거요?"

"제가 그런 책상을 가지고 뭘 하겠습니까? 러시아 사령관을 위해서 만들던 겁니다."

"당신 친구였나?"

나는 미소를 지으려 했지만 아마 별 설득력은 없었던 것 같다. "만들지 않겠다고 했다면 지금 여기서 소령님과 대화를 나누지도 못했을 겁니다. 나치 사령관을 위해 침대를 만들어주지 않았다면 그하고도 얘기하지 못했을 거고요. 침대 머리판에 스와스티카 화환과 나치 당원가 1절을 새겨야 했습니다."

대위는 나와 함께 미소를 지었지만 소령은 웃지 않았다. "이 자는 다르군." 소령이 말했다. "자기가 부역을 했다고 이 사람은 대놓고 말하잖아."

"그런 말은 아니었습니다." 나는 차분하게 말했다.

"재미있는데 분위기 깨지 마." 에번스 소령이 말했다. "신선하고 좋은데 왜 그래."

마르타가 갑자기 위층으로 달려갔다.

"저는 부역자가 아니었습니다." 내가 말했다.

"그래, 그렇겠지. 한 치도 물러서지 않고 싸웠겠지. 분명 그럴 거야. 나도 알아, 안다고. 잠깐 이리 와보겠어? 내 책상 얘기를 좀 하고 싶은데."

그는 미완성인 책상 앞에 앉았다. 거대하고, 내가 보기에는 끔찍한 가구였다. 러시아 사령관의 나쁜 취향과 부의 상징에 대한 위선에 보내는 내 개인적 풍자를 담아 디자인한 것이었다. 최대한 화려하고 허황되게 디자인을 했다. 월스트리트의 은행

가는 이런 책상을 쓰겠지, 하고 러시아 소작농이 꿈꿀 만한 물건이었다. 나무에 박은 색유리 조각들이 보석처럼 반짝거렸고, 도금한 것처럼 보이는 라디에이터용 페인트로 강조되어 있었다. 미국 사령관 역시 러시아 사령관처럼 이 책상에 홀딱 반해버려서, 이 풍자는 나만의 것으로 남겨두어야 할 것 같았다.

"이런 게 바로 가구란 거지." 에번스 소령이 말했다.

"아주 멋지군요." 도니니 대위는 별생각 없이 말했다. 그는 마르타가 달려간 위층 쪽을 바라보고 있었다.

"딱 하나 잘못된 게 있어, 할배."

"망치와 낫 말씀이군요, 저도 압니다. 저는……"

"아주 잘 아는군." 소령이 말하고는 군홧발을 뒤로 뺐다가 거대한 쇠붙이 장식의 가장자리를 거칠게 걷어찼다. 둥그런 조각이 떨어져나와 방구석으로 술 취한 듯 굴러가 거꾸로 뒤집어지더니 빙빙빙빙 돌다 딸깍! 고양이가 그것을 살피다가 의심스러운 듯 물러섰다.

"저기엔 독수리가 들어가야 돼, 할배." 소령은 군모를 벗어 거기 달린 아메리칸 이글 휘장을 보여주었다. "이런 독수리."

"단순한 디자인이 아니네요. 시간이 좀 걸릴 겁니다." 내가 말했다.

"스와스티카나 망치랑 낫처럼 단순하지는 않아, 그렇지?"

나는 몇 주 동안이나 미국 병사들과 이 책상에 대해 얘기하며 웃을 날을 기다려왔다. 가장 재미있는 부분은 러시아 사령관을 겨냥해 만들어둔 비밀 서랍이었다. 미군이 이곳에 온 지금, 예전과 별로 달라진 것이 없는 느낌이었다. 더럽고, 갈 곳 없이 외로운 기분이었다. 마르타 아닌 그 누구와도, 아무것도 공유하고 싶지 않았다.

"네, 그렇지요." 나는 소령의 불쾌한 질문에 대답했다. "단순하지 않습니다." 내가 뭐라 할 수 있었겠는가?

간직해둔 스카치위스키는 계속 바닥 밑에 있었고, 책상의 비밀 서랍은 비밀로 남았다.

베다에 주둔한 미군은 백 명 정도였다. 도니니 대위를 제외하면 대부분 에번스 소령과 같은 기갑사단에서 복무하며 몇 년이나 전투를 해온 사람들이었다. 그들은 정복자처럼 굴었고, 에번스 소령은 그런 행동을 부추겼다. 미국 병사들이 오면 많은 일이 일어나리라고 기대했었다. 마르타와 내게 자부심과 존엄이 다시 생기리라, 조금 잘살게 되고 좋은 음식을 먹게 되리라, 마르타에게는 좀더 괜찮은 인생이 주어지리라. 그러나 찾아온 것은 우리를 불신하며 괴롭히는 새 사령관 에번스 소령이었고, 그의 부하들 역시 소령처럼 행동해 괴롭힘이 백 배는 심해졌다.

전시의 악몽 같은 세계에서 살아나가기 위해서는 특별한 기술이 필요하다. 그중 하나는 점령군의 심리를 이해하는 것이다.

러시아군은 나치와 달랐고, 미군은 그 둘과 또 굉장히 달랐다. 러시아군과 나치처럼 육체적 폭력을 가하지 않았다는 건 신께 감사드릴 일이다. 총을 쏘거나 고문하는 일은 없었다. 특히 흥미로운 건 미국 병사들은 술에 취해야만 진짜 말썽을 피웠다는 사실이다. 에번스 소령은 그의 부하들이 원하는 대로 술에 취하게 해주었는데, 베다에는 딱한 일이었다. 그들은 술에 취하면 기념품을 찾는다는 명목으로 물건을 훔치기를 좋아했다. 거리에서 지프를 몰며 마구 과속을 하고, 공중에 총을 쏘고, 상소리를 외치며 싸움을 걸고 창문을 깼다.

베다 주민들은 무슨 일이 있어도 침묵을 지킨 채 숨는 데 도가 터서, 미국과 다른 나라 병사들의 진짜 차이를 알게 되는 데 시간이 좀 걸렸다. 미국 병사들의 터프함과 태연함은 굉장히 얄팍했다. 그 밑에는 엄청난 불안감이 깔려 있었다. 우리는 여자나 노인이 제 목소리를 내며 부모처럼 병사들의 행동을 꾸짖을 때, 그들이 쉽게 당황한다는 것을 알게 되었다. 그렇게 하면 대부분이 마치 양동이로 찬물을 끼얹은 듯 빠르게 술이 깼다.

우리의 정복자들에 대해 이런 통찰을 갖게 되자 조금은 견딜 만해졌지만 크게 나아진 것은 없었다. 그들이 우리를 러시아군과 별다를 바 없는 적으로 간주한다는 것, 그리고 에번스 소령은 우리가 벌 받기를 원한다는 것, 우리에겐 그런 참담한 깨달음이 있을 뿐이었다. 주민들은 노동 부대로 조직되어 무장 경비병들의 감시하에 전쟁포로처럼 일했다. 그 일이 특히 괴로웠던 건, 마을이 입은 전쟁 피해를 복구하는 것이 아니라 미군 주둔지를 더 안락하게 만들고 베다 전투에서 전사한 미군을 기리는 거대하고 추한 기념비를 세우는 작업이었기 때문이다. 전사자는 모두 넷이었다. 에번스 소령은 마을의 분위기를 감옥처럼 만들었다. 모두가 수치심을 느껴야 했고, 자존심이나 희망이 싹트는 기미만 보이면 곧바로 잘라냈다. 우리는 그런 감정을 느낄 자격이 없었다.

딱 하나 밝은 점이 있었으니, 우리 중 누구보다 불행했던 도니니 대위였다. 소령의 명령을 하달하는 것이 그의 책임이었고, 술에 취하려고 몇 번 시도해보았으나 다른 병사들과 같은 효과를 얻지 못했다. 명령을 전하면서 어찌나 주저하던지 꼭 군법회의에 회부될 것만 같았다. 게다가 소령과 보내는 시간만큼 나와 마르타와도 많은 시간을 보냈는데, 그가 우리에게 얘기하는 대부분은 자신이 해야 할 일에 대해 조심스레 사과하는 것이었다. 묘하게도 마르타와 나는 이 슬프고 어두운 거인에게 위로를 받기보다 위로해주는 일이 많았다.

나는 뒷방의 작업대 앞에 서서 새 사령관의 책상에 붙일 아메리칸 이글 조각 작업의 막바지에 이르러 소령을 생각했다. 마르타는 내 간이침대에 누워 천장을 쳐다보고 있었다. 마르타의 구두는 돌가루가 묻어 하얬다. 하루종일 기념비를 만들고 온 참이었다.

"음," 내가 음울하게 말했다. "만약 내가 삼 년간 적들과 싸워왔다면 어느 정도나 친절한 사람이 되었을지 모르겠구나. 솔직히 말해서, 우리가 원했든 원하지 않았든, 미국인 수십만을 죽게 만든 인력과 물자를 내준 건 사실이니까." 나는 서쪽의 산들을 가리켰다. "러시아군이 우라늄을 구한 데가 저기잖니."

"눈에는 눈, 이에는 이." 마르타가 말했다. "얼마나 계속해야 되는 거예요?"

나는 한숨을 쉬며 고개를 가로저었다. "체코 사람들은 이자까지 톡톡히 치르고 있지. 손에는 손, 발에는 발, 방화에는 방화, 상처에는 상처, 줄무늬에는 줄무늬." 베다는 러시아의 주요 공격이 있기 전, 자살 행위나 다름없는 전투로 젊은 남자들을 거의 다 잃었다. 마르타의 남편도 그중 하나였다. 그후 가장 큰 도시들은 자갈더미와 연기에 지나지 않게 되었다.

"값을 치르고 나면 새 정치위원이 오죠. 저들도 다른 사람들과 다를 바 없어요." 마르타는 씁쓸하게 말했다. "다를 거라 기대한 게 유치했죠."

내가 키워왔던 마르타의 끔찍한 실망과 무관심과 절망. 오, 신이시여. 더이상 도저히 참을 수가 없었다! 우리를 해방시켜줄 사람은 이제 없을 것이다. 이 세상 어디든 남아 있는 유일한 힘은 미군이고, 베다에 그 미군들이 있었다.

나는 다시 느릿느릿 아메리칸 이글을 조각해갔다. 보고 베낄 수 있도록 대위가 일 달러 지폐를 한 장 줬었다. "어디 보자. 발톱으로 화살을 아홉, 열, 열하나, 열둘, 열세 개 쥐고 있구나."

조심스레 노크하는 소리가 나더니 도니니 대위가 들어왔다. "실례해도 되겠습니까." 그가 말했다.

"실례하셔도 되겠지요. 당신네들이 전쟁에서 이겼으니까." 내가 말했다.

"제가 기여한 바는 별로 없는 것 같습니다만."

"소령님이 다 죽여버려서 대위님이 쏠 사람이 없었겠죠." 마르타가 말했다.

"창문이 어떻게 된 건가요?" 대위가 말했다.

바닥에 온통 유릿조각이 흩어져 있고, 창에는 커다란 마분지를 붙여 바람을 막고 있었다. "어젯밤에 맥주병이 날아와 해방되었죠." 내가 말했다. "이 일로 소령님께 메모를 남겼는데, 아마 그것 때문에 전 참수형을 당하겠군요."

"뭘 만드시는 건가요?"

"한쪽 발톱엔 화살 열세 개, 다른 쪽엔 올리브 나뭇가지를 든 독수리입니다."

"이만하면 잘 지내시는 겁니다. 돌에 흰색 칠을 하실 수도 있었어요. 책상을 완성하도록 노동자 명단에서 빠진 거예요."

"네, 돌에 칠을 하는 사람들도 봤습니다." 내가 말했다. "하얗게 칠한 돌들 덕분에 베다는 전쟁 전보다 나은 모습이 되었어요. 폭격을 당했다는 것조차 알 수 없겠더군요." 소령은 자신의 뜰에 하얗게 칠한 돌을 놓고 거기에 감동적인 문구를 적으라고 시켰다. '1402 헌병 부대, 로슨 에번스 소령 지휘.' 화단과 인도의 테두리에도 돌을 둘렀다.

"아, 나쁜 분은 아닙니다." 대위가 말했다. "그 모든 것을 겪고도 그 정도이신 게 기적이지요."

"우리 모두가 그 모든 걸 겪고도 이 정도라는 게 기적이죠." 마르타가 말했다.

"네, 저도 그걸 깨닫고 있습니다. 저도…… 고생을 많이 하셨다는 건 압니다. 하지만, 음, 소령님도 그러셨거든요. 시카고 폭격 때 아내와 세 아이를 잃으셨어요."

"저는 전쟁 때 남편을 잃었습니다." 마르타가 말했다.

"그래서 무슨 말을 하시려는 겁니까, 우리 모두가 소령님 가족의 죽음 때문에 속죄를 하고 있다는 건가요? 소령님은 우리가 그분 가족이 죽기를 바랐다고 생각하시나요?" 내가 물었다.

그는 작업대에 몸을 기대더니 눈을 감았다. "아, 젠장. 모르겠어요, 모르겠습니다. 그저 그분을 이해하신다면 좀 나아지지 않을까 생각했던 겁니다. 그분을 증오하지 않도록요. 하지만 어떤 것도 말이 안 되네요. 도움이 되지 않아요."

"저희에게 대위님이 도움이 될 거라고 생각하셨나요?" 마르타가 말했다.

"여기 오기 전에는, 네, 그렇게 생각했어요. 이젠 여기에 제가 필요하지 않다는 걸 알겠어요. 뭐가 필요한지도 모르겠네요. 빌어먹을, 저는 모든 사람에게 다 공감하고, 사람들이 왜 지금 같은 모습이 되었는지도 알겠어요. 두 분, 이 마을 사람 전부, 소령님, 군인들, 모두 다요. 만약 제가 총을 한 발 맞거나 화염방사기를 든 사람에게 쫓겨본다면 더 남자다워질지도 모르겠네요."

"그리고 다른 모든 사람들처럼 증오하게 되시겠죠." 마르타가 말했다.

"네, 그리고 저도 다른 사람들처럼 스스로에게 확신을 갖게 되겠죠."

"확신이 아니라 무감각해지는 겁니다." 내가 말했다.

"무감각." 대위는 내 말을 되뇌었다. "누구든 무감각해질 만한 이유가 있는 거죠."

"그게 최후의 방어선이에요. 무감각해지거나, 자살하거나." 마르타가 말했다.

"마르타!" 내가 말했다.

"사실이란 걸 아시잖아요." 마르타는 단호하게 말했다. "유럽의 거리에 가스실이 설치된다면, 빵집보다 더 길게 줄을 설걸요. 이 모든 증오는 언제 끝날까요? 절대 끝나지 않아요."

"마르타, 제발 부탁이니 그런 식으로 말하지 말아다오." 내가 말했다.

“에번스 소령님도 그런 식으로 말씀하세요.” 도니니 대위가 말했다. “그분은 전투에 참가하고 싶다고 하실 뿐이죠. 술에 취하셨을 때, 자기가 전사하기를 바랐다고 말씀하신 적이 있어요. 집에 돌아가도 자기를 맞아줄 건 아무것도 없다면서요. 전투에서 엄청난 위험을 무릅썼는데도 작은 상처 하나 입지 않으셨죠.”

“딱하게 됐군요, 이제 전쟁이 없다니.” 마르타가 말했다.

“음, 아직 게릴라 전투는 있어요. 레닌그라드 근처에 많지요. 전투에 참가하고 싶어서 그곳으로 옮겨달라고 신청하셨다고 합니다.” 대위는 아래를 내려다보며 무릎 위에 손가락을 펼쳤다. “음, 그건 그렇고 제가 여기 온 건, 소령님이 내일 책상을 받고 싶어하신다는 소식을 전해드리기 위해섭니다.”

문이 휙 열리더니 소령이 작업실 안으로 성큼성큼 들어왔다. “대위, 자네 대체 어디 다녀온 건가? 오 분이면 될 일을 시켰는데 벌써 삼십 분이 지났잖아.”

도니니 대위는 차렷 자세로 섰다. “죄송합니다.”

“내 부하가 적들과 친하게 지내는 것에 대해 내가 어떻게 생각하는지 자네도 알 텐데.”

“네, 그렇습니다.”

소령이 나를 마주 보고 섰다. “당신 창문이 어떻게 됐다고?”

“소령님 부하 한 명이 어젯밤에 깼습니다.”

"그래, 그것참 정말 안된 일 아닌가?" 대답하기가 곤란한, 소령의 질문들 중 또다른 하나였다. "정말 안된 일 아니냐고 내가 말했잖아, 할배?"

"네, 그렇습니다."

"할배, 내가 지금 하는 말을 똑똑히 듣고 이해해둬. 그리고 마을 사람들에게도 전부 당신이 이해시켜줬으면 해."

"네, 알겠습니다."

"당신들은 전쟁에서 졌어. 그건 알고 있나? 나는 당신이든 다른 누구든, 내 어깨에 기대서 울라고 여기 온 게 아니야. 내가 여기 온 건 전쟁에서 졌다는 걸 제대로 이해시키기 위해서고, 아무도 말썽 피우지 않도록 하기 위해서야. 내가 여기 온 목적은 그것뿐이야. 어쩔 수 없이 러시아군의 친구가 되었다고 말하는 사람은 주둥이를 걷어차주겠어. 자기가 고생했다고 말하는 사람도 마찬가지야. 당신은 아직 고생이라곤 해보지도 않았어."

"네, 그렇습니다."

"유럽은 당신들 거니까요." 마르타가 조용히 말했다.

소령은 화가 나서 마르타를 돌아보았다. "아가씨, 만약 유럽이 내 것이었다면, 엔지니어들을 불러다 불도저로 이 난리통을 모두 평평하게 밀어버렸을 거야. 여기 있는 건 독재자가 나타났다 하면 무조건 추종하는 겁쟁이들뿐이야." 나는 첫날 그랬던 것처럼, 소령이 무척이나 지치고 산만해 보인다는 인상을 받았다.

"소령님……" 대위가 말했다.

"조용히 해. 이글 스카우트들이 집권하라고 내가 여기까지 싸우며 온 게 아니야. 자, 내 책상은 어디 있나?"

"독수리 마무리 작업중이었습니다."

"어디 보지." 나는 원반을 건넸다. 소령은 가볍게 욕을 하더니 군모에 달린 휘장을 만졌다. "이것처럼 만들어." 그가 말했다. "이거랑 똑같이 만들라고."

나는 그의 모자에 붙은 휘장을 보며 눈을 깜박였다. "그것과 똑같은데요. 일 달러 지폐를 보고 똑같이 베꼈습니다."

"화살 말이야, 할배! 어느 발로 화살을 잡고 있나?"

"아, 모자에 있는 독수리는 오른쪽, 지폐에 있는 독수리는 왼쪽이네요."

"엄청난 차이가 있는 거야, 할배. 하나는 군대용, 하나는 민간용이라고." 소령은 무릎을 들어올려 거기에 대고 조각을 부러뜨렸다. "다시 만들어. 러시아 사령관을 기쁘게 해주려고 그렇게 안달이 났었잖나. 나를 기쁘게 해봐!"

"한말씀 드려도 될까요?" 내가 말했다.

"안 돼. 내가 당신에게 듣고 싶은 건, 내일 아침에 책상을 받을 수 있을 거라는 말뿐이야."

"조각하려면 며칠은 걸릴 텐데요."

"밤새워 해."

"네, 알겠습니다."

소령은 걸어나갔고 대위가 그 뒤를 따랐다.

"무슨 말 하려고 하셨어요?" 마르타가 씁쓸한 미소를 지으며 물었다.

"체코 사람들도 소령이 싫어하는 유럽에 맞서서, 그 사람만큼이나 오랫동안 힘겹게 싸웠다고 말하려 했지. 그리고 또…… 아, 그래봤자 무슨 소용이람?"

"마저 말씀하세요."

"네게 천 번은 말했을 거야, 마르타. 아마 피곤한 얘기겠지. 내가 합스부르크와 나치, 그다음엔 체코 공산주의자들, 그리고 러시아에 맞서서 싸웠다고 말하고 싶었어. 나름대로의 작은 방식으로 싸워왔다고 말이야. 난 한 번도 독재자의 편을 든 적 없고, 앞으로도 없을 거야."

"독수리 작업을 얼른 시작하세요. 화살이 오른쪽에 있어야 한다는 걸 잊지 마시고요."

"마르타, 너 스카치위스키 마셔본 적 있니? 없지?" 나는 장도리 끝을 나무 바닥 틈에 밀어넣어 판을 뜯어냈다. 그 아래에는 내 꿈속의 위대한 날을 위해 아껴두었던 먼지투성이 스카치위스키 병이 있었다.

술은 맛있었고, 우리 둘은 꽤 취했다. 작업하는 동안 마르타와 나, 우리 둘은 옛 시절로 되돌아간 것 같았다. 잠시 마르타의 엄마가 살아 있는 듯한 기분도 들었다. 마르타는 다시 예쁘고 근심 걱정 없는 소녀가 된 것 같았고, 우리는 프라하의 집과 친구들을 가진 것 같았으며…… 아, 잠시 동안이지만 정말 좋았다.

마르타는 간이침대에서 잠들었고, 나는 밤새 끌로 아메리칸 이글을 새기며 콧노래를 불렀다. 급하게 대충 만든 조각이었다. 잘못된 부분은 접착제와 가짜 금박으로 감추었다.

해가 뜨기 몇 시간 전, 책상에 그 장식용 조각을 풀로 붙이고 죔쇠를 단 다음 쓰러져 잠들었다. 조각만 빼면 내가 러시아군을 위해 디자인했던 것과 완전히 똑같은 책상이 새 사령관을 위해 완성되었다.

병사 대여섯 명과 대위가 다음날 아침 일찍 책상을 찾으러 왔다. 그들은 운구하듯 책상을 길 건너로 날랐고, 책상은 마치 동양의 지배자가 들어갈 관처럼 보였다. 소령이 문간에서 그들을 맞았고, 보물 같은 책상이 문간에 부딪힐 것 같을 때마다 조심하라고 소리를 질렀다. 문이 닫히고 보초가 다시 그 앞에 버티고 섰다. 더이상 볼거리는 없었다.

나는 작업실로 들어가 작업대에서 대팻밥을 치우고 체코슬로바키아, 베다, 1402 헌병 부대의 로슨 에번스 소령에게 편지를 쓰기 시작했다.

친애하는 소령님께. 책상에 대해서 한 가지 설명해드리지 않은 것이 있습니다. 독수리 바로 아래를 보시면……

곧바로 길 건너로 가서 전달할 생각이었지만 그러지 않았다. 다시 읽어보니 조금 역겨워졌다. 원래 이 편지를 받았어야 할 러시아 사령관에게 보내는 거였다면 결코 그런 기분이 들지 않았을 것이다. 몇 년간 변변한 먹을거리가 없기도 했지만, 편지를 생각하니 점심 생각이 들지 않았다. 원래 마르타는 내가 스스로를 돌보지 않으면 야단을 치지만, 그날은 자신의 우울함에 너무 깊이 빠져서 내 기분을 눈치채지 못했다. 마르타는 손도 대지 않은 내 그릇을 아무 말 없이 치웠다.

늦은 오후에 마지막 남은 스카치위스키를 마시고 길 건너로 걸어갔다. 나는 보초에게 봉투를 건넸다.

"이번 일도 창문 때문인가요, 할배?" 보초가 물었다. 창문 이야기가 농담거리로 퍼진 모양이었다.

"아뇨, 다른 일입니다. 책상에 대한 거예요."

"알았어요, 할배."

"고마워요."

나는 작업실로 돌아와 침대에 누워 기다렸다. 심지어 잠시 눈도 붙일 수 있었다.

마르타가 나를 깨웠다.

"그래, 난 준비됐어." 나는 웅얼거렸다.

"무슨 준비가 되셨다는 거예요?"

"군인들."

"군인들 얘기가 아니에요. 소령이 떠난대요."

"소령이 뭐?" 나는 침대 아래로 다리를 확 내렸다.

"장비를 전부 가지고 지프에 타고 있어요. 에번스 소령이 베다를 떠난대요!"

나는 집 앞쪽의 창문으로 달려가 마분지를 치웠다. 소령은 더플백 여러 개와 침낭, 다른 장비들에 둘러싸인 채 지프 뒷좌석에 앉아 있었다. 누가 그 모습을 보면 베다 외곽에서 한창 전투가 진행중인 줄 알 것이다. 그는 철제 전투모를 쓰고서 얼굴을 찡그리고 있었고, 카빈 소총, 탄띠, 칼을 옆에 둔 채였다. 허리에는 권총을 차고 있었다.

"옮기게 되었나보구나." 내가 경탄하며 말했다.

"게릴라 전투를 하러 간대요." 마르타는 웃었다.

"게릴라들이 딱하네."

지프가 출발했다. 에번스 소령은 손을 흔들며 멀어져갔다. 내가 그 놀라운 사람을 마지막으로 본 것은 지프가 마을 경계쯤에서 언덕 위로 올라갈 때였다. 그는 돌아보며 한 차례 비웃더니 베다를 모욕하는 시늉을 해 보였다. 그리고 그 너머의 계곡 속으로 사라졌다.

길 건너에 있던 도니니 대위가 나와 눈이 마주치더니 고개를 끄덕여 보였다.

"새 사령관은 누군가요?" 내가 물었다.

그는 자기 가슴을 두드렸다.

"이글 스카우트가 뭐예요?" 마르타가 속삭였다.

"소령 말투를 들어보니, 굉장히 군인답지 못하고, 순진하고, 마음이 여린 사람을 가리키는 말 같아. 쉿! 여기로 온다."

도니니 대위는 자신이 갑자기 중요한 인물이 되어 반쯤은 엄숙했고 반쯤은 신기해했다.

그는 생각에 잠긴 채 담배에 불을 붙였다. 마음속에 있는 생각을 말로 표현하려고 애쓰는 듯한 모습이었다. "증오의 끝은 언제 오느냐고 물으셨죠." 마침내 그가 말했다. "지금입니다. 이젠 노동 부대도, 도둑질도, 때려 부수는 일도 없습니다. 전 충분히 겪지 않아서 증오를 느끼지도 않아요." 그는 담배를 피우며 좀더 생각했다. "하지만 베다 주민들이 당장 내일부터 이곳을 재건해 아이들을 키우기 좋은 곳으로 만들지 않는다면, 저 역시 에번스 소령님처럼 이곳 분들을 증오하게 될 겁니다."

그는 곧 몸을 돌려 다시 길을 건너갔다.

"대위님." 내가 불렀다. "제가 에번스 소령님께 편지를 한 통 썼는데……"

"저한테 넘겨주셨어요. 아직 읽어보지는 않았습니다."

"다시 돌려주실 수 있을까요?"

그는 미심쩍은 듯 나를 보았다. “음, 그러세요. 제 책상 위에 있습니다.”

“책상에 대한 편지였어요. 제가 수리할 곳이 있어서요.”

“서랍은 멀쩡하던데요.”

“대위님이 모르시는 특별한 서랍이 있거든요.”

그는 어깨를 으쓱해 보였다. “오시죠.”

나는 가방에 연장을 몇 개 넣고 서둘러 그의 사무실로 갔다. 거창한 책상은 휑뎅그렁한 방 한가운데에 덩그러니 놓여 있었다. 그 위에 내 편지가 있었다.

“원한다면 읽어보셔도 좋습니다.” 내가 말했다.

그는 편지를 열고 소리 내어 읽었다.

친애하는 소령님께. 책상에 대해서 한 가지 설명해드리지 않은 것이 있습니다. 독수리 바로 아래를 보시면 장식에 새겨진 참나무 잎을 눌러서 돌릴 수 있다는 걸 아실 겁니다. 돌려서 가지 끝이 독수리의 왼쪽 발톱을 향하게 하십시오. 그리고 독수리 바로 위쪽에 있는 도토리를 누르시고……

그가 편지를 읽는 동안 나는 적어둔 대로 책상을 조작했다. 나뭇잎을 누르고 돌리자 딸깍 소리가 났다. 엄지로 도토리를 누르자 작은 서랍 앞부분이 톡 튀어나왔다. 손으로 잡고 서랍을 마저 끄집어낼 수 있을 만큼이었다.

“걸린 것 같은데요.” 내가 말했다. 그리고 책상 아래에 손을 넣어 서랍 뒤에 연결된 피아노 줄을 잘랐다. "됐습니다!" 나는 서랍을 다 끌어냈다. "아시겠어요?"

도니니 대위는 웃었다. "에번스 소령님이 아주 좋아하셨겠는데요. 대단합니다!" 그는 감탄하면서 서랍을 앞뒤로 몇 번 움직여보고는, 서랍 앞부분이 장식 속에 완전히 섞여들어가는 모습을 신기해했다. "저한테도 비밀이 있었다면, 하고 바라게 되네요."

"유럽에는 비밀 없는 사람이 많지 않지요." 내가 말했다. 대위는 잠시 등을 돌렸다. 나는 사령관의 책상 밑에 다시 손을 넣고 기폭장치에 핀을 찔러넣어 폭탄을 제거했다.

우울한 월요일이여 안녕.

아마겟돈을 회상하며

친애하는 벗에게.

잠시 제 얘기를 들어주시겠습니까? 우리가 만난 적은 없지만, 서로 아는 친구를 통해, 지성과 인류에 대한 관심 면에서 당신의 수준이 평균을 높이 상회한다는 칭찬을 들은 터라 이렇게 편지를 보냅니다.

하루하루 뉴스의 파장이 워낙 크다보니, 며칠 전에 있었던 큰 사건도 금세 잊기가 참 쉽습니다. 그러니 불과 오 년 전, 세상을 뒤흔들었으나 이제는 저희 몇 명을 제외하고 모두에게 까맣게 잊힌 사건에 대한 기억을 제가 환기시켜드리겠습니다. '아마겟돈'이라는 이름으로 알려진 사건입니다. 성경에서 유래한 이름이 붙을 만한 이유가 충분히 있었죠.

어쩌면 파인 연구소가 정신없이 시작되었던 것을 기억하실지 모르겠습니다. 그 연구소의 관리자로 일하게 되었을 때 저는 수치스러웠고 어리석은 결정이라 생각했습니다. 제가 그곳에 취직한 데는 돈 이외에 다른 이유가 없었습니다. 다른 제안도 많았지만, 연구소의 채용 담당자가 다른 곳에서 제의한 최고 금액의 두 배를 주겠다고 했으니까요. 삼 년간 가난한 대학원생으로 지낸 저는 빚이 있었기 때문에 연구소를 선택했습니다. 일 년만 일해서 빚을 갚고 저축을 해서 여기를 그만두자. 남부끄럽지 않은 직장을 구하고, 오클라호마주 버디그리 근처 150킬로미터 내에 내가 있었다는 사실을 영영 부인하자. 그런 생각이었습니다.

그곳에서 일한 덕분에 저는 우리 시대의 진정한 영웅적 인물인 고먼 타벨 박사님을 알게 되었습니다.

제가 파인 연구소에서 일하게 되었을 때 갖추고 있던 자질은 일반적이고, 주로 경영학 박사학위 소유자에게 있을 법한 것들이었습니다. 그런 능력으로 세발자전거 공장이나 놀이공원 운영에 지원할 수도 있었을 겁니다. 저는 우리를 아마겟돈에 이르게 하고 그것을 겪게 만든 이론을 탄생시킨 사람이 아닙니다. 제가 합류한 것은 중요한 계획들이 이미 상당히 확립된 다음입니다.

정신적으로, 그러니까 희생이라는 측면에서, 우리의 활동과 승리에 진정으로 기여한 사람들의 명단 가장 위에는 타벨 박사님의 이름이 올라가야 할 것입니다.

연대순으로 보면, 명단의 시작은 아마 독일 드레스덴의 고故 젤리히 실트크네히트 박사님일 겁니다. 정신병에 관한 자신의 이론에 사람들의 관심을 모으려고 남은 인생과 유산의 절반을 썼으나 별로 성공하지 못한 분입니다. 실트크네히트 박사님의 말을 요약하면, 정신병에 대한 모든 사실에 부합하는 유일한 통합 이론은, 단 한 번도 틀렸음이 입증된 바 없는 가장 오래된 이론이라는 것이었습니다. 그분은 악마에게 사로잡힌 결과가 정신병자들이라고 믿었습니다.

어떤 출판사도 박사님의 주장에 손을 대려 하지 않았기 때문에 그분은 계속해서 자비로 책을 냈습니다. 악마와 그 형태, 습관, 강점, 약점에 대해 최대한 많은 것을 알아낼 수 있도록 연구를 추진해야 한다고 촉구했습니다.

그 명단에서 다음으로 올 사람은 미국인으로, 저의 전 고용주인 버디그리의 제시 L. 파인입니다. 석유로 백만장자가 된 파인은 여러 해 전 자신의 도서관에 비치할 60미터 분량의 책을 주문했습니다. 책 판매상은 이 일을 다른 귀한 책들과 함께 젤리히 실트크네히트 박사의 전집을 처분할 기회로 여겼죠. 전집이 독일어로 되어 있었기 때문에, 영어로 출판하기에는 너무 민감한 주제를 다루고 있나보다고 파인은 생각했습니다. 그래서 오클라호마대학교 독일어과 학장을 고용해 자신에게 책을 읽어주도록 했습니다.

파인은 책 판매상의 선택에 분노하기는커녕 무척 기뻐했습니다. 그는 평생 교육을 충분히 받지 못한 것 때문에 부끄러워했는데, 자신과 기본 철학이 일치하면서 대학 학위를 다섯 개나 지닌 사람을 발견했기 때문입니다. 그 철학이란 이것입니다. "세상 사람들에게 문제가 딱 하나 있는데, 그건 악마에게 사로잡힌 사람들이 있다는 것이다."

실트크네히트가 좀더 오래 살았다면 무일푼으로 죽지는 않았을 겁니다. 그분은 제시 L. 파인 연구소 설립 이 년 전에 돌아가셨습니다. 연구소가 설립된 이래, 오클라호마의 유전에서 벌어들이는 돈의 절반은 악마의 관에 못을 박는 데 들어갔습니다. 그리고 과연 얼마 지나지 않아 버디그리에는 대리석 건물들이 솟아났고, 이런저런 기회주의자들이 기차를 타고 찾아왔습니다.

실트크네히트가 언급한 연구에 수천 명의 남녀가 뛰어들었고, 파인이 빳빳한 돈이 잔뜩 든 배낭을 짊어지고 그 뒤를 악착같이 따라갔기 때문에, 제가 그 명단을 계속 열거해야 한다면 꽤 길어질 겁니다. 그들 중에는 지적이고 정직한 사람도 몇 있었습니다. 하지만 대부분은 역사상 가장 쉬운 돈벌이 중 하나에 뛰어든, 질투가 많고 경쟁력은 없는 사람들이었습니다. 그들이 하는 실험은 보통 돈이 엄청나게 들었지만, 후원자인 제시 L. 파인의 무지와 맹신에 대한 풍자인 경우가 대부분이었습니다.

수백만 달러를 썼지만 아무 결과도 나오지 않았습니다. 아마겟돈의 살아 있는 순교자 고먼 타벨 박사가 아니었다면 저 역시 두둑한 봉급을 받으면서도 그 값에 응하는 노력을 하지 않았을 겁니다.

그분은 연구소에서 최고령이자 가장 명망이 높았습니다. 예순 정도에 체중이 많이 나가고 키가 작았으며 열정적이었죠. 긴 백발에, 다리 밑에서 며칠 잔 듯한 옷차림이었고요. 버디그리 근처의 큰 동부 산업체 연구소에서 물리학자로 성공적인 경력을 쌓은 후 은퇴한 분입니다. 어느 날 오후, 그분이 장을 보러 가다가 근사한 건물 안에서 대체 무슨 일이 일어나고 있는지 알아보러 연구소에 들렀습니다.

그분을 처음 본 사람은 저였고, 굉장한 지성을 지닌 분임을 느낀 저는 조금 멋쩍어하며 이 연구소에서 어떤 일을 하려는지 설명했습니다. 제 태도에서는 '교육 잘 받은 우리 둘끼리 하는 얘기지만, 이건 엄청난 사기극이죠'라는 티가 났습니다.

하지만 그분은 잘난 척하며 프로젝트를 비웃는 저와 함께 미소 짓지 않았습니다. 대신 실트크네히트 박사님의 글을 좀 보여달라고 했습니다. 저는 다른 모든 책의 내용을 요약한 주요 저서를 보여주고, 그분이 살펴보는 동안 옆에 서서 다 안다는 듯 키득거렸습니다.

"연구소에 빈 공간이 있나?" 그분이 마침내 말하더군요.

"음, 사실 있긴 합니다." 제가 말했습니다.

"어디?"

"그게, 아직 3층이 통째로 비어 있어요. 도장공들이 마무리 작업을 하고 있죠."

"나는 어떤 방을 쓰면 되나?"

"여기 취직하시겠다는 건가요?"

"평화롭고 조용하게 일할 수 있는 곳을 원하네."

"저, 여기서 할 수 있는 일이 악마 연구와 관련된 것뿐이라는 건 알고 계십니까?"

"아주 근사한 일이지."

저는 근처에 파인이 없는지 확인하려고 복도를 내다본 다음 속삭였습니다. "이 일에 정말 무슨 의미가 있을 거라고 생각하세요?"

"그렇지 않을 거라고 생각할 권리가 내게 있나? 악마가 존재하지 않는다는 걸 자네가 증명해 보일 수 있나?"

"음, 제 말은, 그러니까, 조금이라도 교육을 받은 사람이라면 누구도 믿지 않……"

꽝! 그분의 지팡이가 콩팥 모양의 내 책상을 내리쳤습니다. "존재하지 않는다고 증명하기 전까지, 악마는 이 책상만큼이나 실존하는 거야."

"알겠습니다."

“젊은이, 자네 직업을 부끄러워하지 말게! 이곳에서 하는 일에는, 그 어떤 원자력 연구실에서 진행되는 일만큼이나 이 세상에 대한 희망이 있는 거야. 내 말을 듣게, ‘악마를 믿어라’. 악마를 믿지 않는 게 더 낫다는 이유를 발견할 때까지 우리는 악마를 믿을 거야. 바로 이런 게 과학이지!”

“알겠습니다.”

그러고서 그분은 복도를 다니며 다른 사람들의 정신을 번쩍 들게 하고, 3층으로 올라가 자신이 쓸 연구실을 고른 다음, 도장공들에게 이곳에 집중하라고, 다음날 아침까지 완료되어야 한다고 일렀습니다.

저는 입사 지원서를 들고 그분을 따라 위층으로 갔습니다. “실례합니다,” 제가 말했습니다. “이 서류를 작성해주시겠어요?”

그분은 보지도 않고 서류를 받아들더니 코트 주머니에 구겨 넣더군요. 그 안에 이런저런 서류를 구겨넣었는지 안장주머니처럼 부풀어 있었습니다. 그분은 결국 지원서를 작성하지 않은 채 그냥 출근을 시작해서 행정상으로는 악몽을 초래했습니다.

“저, 이제 월급 이야기인데요,” 제가 말했습니다. “얼마나 받고 싶으십니까?”

그분은 성마르게 손을 내저었습니다. “난 연구하러 온 거지 가계부를 쓰러 온 게 아닐세.”

일 년 후, 『파인 연구소 1차 연례 보고서』가 출간되었습니다.

주된 업적은 파인의 돈 육백만 달러가 사회로 환원되었다는 점 같았습니다. 서방 세계 언론들은 이 보고서를 그해의 가장 우스운 책으로 꼽았고, 그 주장을 입증할 만한 부분을 발췌해 보도했습니다. 공산권 언론은 이 보고서를 그해의 가장 우울한 책으로 꼽으며, 자신의 이익을 늘리기 위해 악마와 직접 연락할 방법을 찾는 미국의 억만장자에 대한 칼럼을 몇 편 실었습니다.

타벨 박사님은 차분했습니다. "우리는 물리학이 원자의 구조에 대해 연구하던 때와 같은 지점에 와 있네." 그분은 명랑하게 말했습니다. "지금 우리가 가진 생각들은 신앙과 크게 다를 바 없지. 어쩌면 터무니없는 것일 수도 있지만, 실험을 해보지도 않고 비웃는 건 무지하고 비과학적인 일이야."

타벨 박사님이 제안한 다음의 가설 세 가지는 『보고서』의 수많은 페이지에 걸친 헛소리에 묻혀버렸습니다.

정신병이 전기충격치료로 낫는 경우가 많으니, 악마는 전기를 좋아하지 않을지도 모른다. 가벼운 정신병 증세는 개인의 과거에 대한 긴 대화를 통해 낫는 일이 많으니, 섹스와 어린 시절 이야기를 끝없이 나누면 악마를 쫓을 수 있을지도 모른다. 악마는, 만약 존재한다면, 사람에 따라 다른 정도의 집착을 보이는 것 같다. 즉 어느 환자에게선 말만 해도 떠나고, 어느 환자에게선 충격을 받아야 떠나며, 어느 환자들에게선 죽는 일이 일어나지 않으면 떠날 수 없다는 것이었습니다.

신문기자 한 명이 타벨 박사님께 이 세 가설에 대해 질문할 때 저는 옆에 있었습니다. 기자는 "농담하시나요?"라고 했습니다.

"내가 이런 생각을 장난스럽게 제안하는 것이냐고 묻는다면, 그렇소."

"그러면 이게 헛소리라고 생각하시나요?"

"'장난스럽다'라는 단어를 계속 쓰기로 하죠." 타벨 박사님이 말을 이어갔습니다. "친애하는 젊은이, 자네가 과학의 역사를 탐구해본다면, 정말 위대한 발상의 대부분은 지적인 장난스러움에서 나왔다는 걸 알게 될 거요. 입술을 얇게 펴고 집중하는 진지함은 그저 대단한 발상 언저리에서 맴도는 것뿐이라오."

하지만 세상은 '헛소리'라는 말을 더 좋아했습니다. 그리고 버디그리의 터무니없는 이야기에 어울릴 만한 터무니없는 사진들이 나타나기 시작했습니다. 그중 하나는 머리에 계속해서 약한 전류를 흐르게 하는 헤드셋을 쓴 남자의 사진이었습니다. 그의 몸을 악마가 쉬기에 불편한 곳으로 만들기 위한 장치였죠. 사람이 느낄 수 없는 수준의 전류라고 했지만, 제가 헤드셋을 써보니 매우 불편했습니다. 제 기억에 포토제닉으로 꼽힐 만한 또다른 실험 사진은, 경증의 정신이상자 여성이 거대한 종 모양 유리 덮개 속에서 자신의 과거에 대한 얘기를 하는 모습이었습니다. 이론상으로 환자에게서 조금씩 쫓겨나고 있을 악마의 존재를 잡을 수 있지 않을까 하고 유리 덮개를 씌운 것이었습니다. 그럴싸한 사진을 찍을 기회는 계속해서 생겨났고, 매번 그 전보다 더 어처구니없고 돈은 더 많이 드는 것 같았습니다.

그즈음, 제가 쥐구멍 작전이라고 부르는 때가 찾아왔습니다. 그것 때문에 파인은 몇 년 만에 처음으로 자신의 통장 잔고를 살펴봐야 했고, 그 결과 새 유전을 찾아나섰습니다. 막대한 비용이 들었기 때문에 저는 실험에 반대했습니다. 하지만 제 반대에도 불구하고 타벨 박사님은 악마 이론을 실험해볼 유일한 기회는 대규모의 집단을 다뤄보는 것뿐이라고 파인을 설득했죠. 쥐구멍 작전은 노와타, 크레이그, 오타와, 델라웨어, 어데어, 체로키, 왜거너, 로저스 카운티를 악마가 없는 곳으로 만들려는 계획이었습니다. 이 여덟 카운티의 가운데에 있는 메이스카운티는 대조군으로서, 보호받지 않은 채 두기로 했습니다.

네 곳의 카운티에 헤드셋 구만칠천 개를 배포하고, 주민들에게 보수를 지급한 대가로 그걸 밤낮으로 착용하도록 했습니다. 나머지 네 곳에선 주민들이 최소 일주일에 두 번 이상 찾아와, 보수를 받고 진심으로 과거를 얘기할 수 있는 센터를 만들었습니다. 저는 이 센터들의 운영을 조수에게 맡겼습니다. 늘 자기연민과 상상할 수 있는 한 가장 지루한 애탄으로 가득찬 그런 곳을 참을 수 없었어요.

삼 년 후, 타벨 박사님은 제시 L. 파인에게 실험 진척 상황에 대한 비밀 보고서를 제출한 뒤 탈진해서 병원에 입원했습니다.

보고서는 잠정적인 것이었고, 더 많은—무척 많은—작업이 진행되기 전까지 아무에게도 보여주지 말라고 파인에게 경고를 해두었죠.

병실에 있던 타벨 박사님은 전국으로 나가는 라디오 방송을 듣다가 아나운서가 파인을 소개하는 것을 들었습니다. 파인이 횡설수설 서두를 늘어놓은 후 이어서 한 말에 박사님은 끔찍한 충격을 받았습니다.

"저희가 보호해온 카운티 여덟 곳에는 악마한테 사로잡힌 사람이 한 명도 없습니다, 네. 예전부터 아팠던 사람들은 있었다 해도, 새로 발병한 사례는 없었습니다. 실어증에 걸린 사람 다섯 명과 배터리가 닳아버린 사람 열일곱 명만 빼고요. 근데 그 가운데에 끼인 메이스카운티 사람들은 알아서 잘해보라고 내버려뒀는데, 늘 그래왔듯 지옥으로 가고 있네요……"

파인은 결론을 내렸다. "이 세상의 문제는 예나 지금이나 악마다, 이 말입니다. 저희가 오클라호마 북동부에서는 악마를 내쫓아버렸고요, 메이슨카운티만 남았는데 거기서도 쫓아내고 지구를 깨끗하게 할 수 있을 것 같습니다. 성경에 보면 머지않아 선과 악의 엄청난 전쟁이 있을 거라 하는데요, 제 생각엔 이게 그거 아닌가 싶습니다."

"이 바보 자식! 맙소사, 이제 대체 무슨 일이 생기려나?" 타벨 박사님은 이렇게 외쳤습니다.

역사상, 파인이 이 발언을 한 순간만큼 더 폭발적인 반응이 일어난 때는 없었습니다. 그때가 어땠는지 생각해보십시오. 세상은 마치 악의적인 마법에 걸린 것처럼 반으로 나뉘어 서로 적대하고 있었고, 한쪽이 이렇게 움직이면 상대는 저렇게 반응하는, 재앙으로 끝날 수밖에 없을 것 같은 일련의 주고받음이 시작되었습니다. 어찌해야 할지 그 누구도 알지 못했습니다. 인류의 운명은 인간의 통제를 벗어난 것 같았죠. 하루하루 절망적인 무력함으로 가득했고, 늘 전날보다 더 나쁜 소식이 찾아왔습니다.

그때, 오클라호마주 버디그리에서 이 세상의 전반적인 문제가 악마 때문이라는 발표가 나왔습니다. 그 발표와 함께 증거도 제공되었고 해결책도 제시되었습니다!

지구에서 내쉰 안도의 한숨이 아마 다른 은하계에서도 들렸을 겁니다. 이 세상의 문제는 러시아인도 미국인도 중국인도 영국인도 과학자도 장군도 금융업자도 정치가도—하느님께 찬양 있으라—그 어떤 가엾은 인간도 아니라는 거였으니까요. 사람들은 아무 문제가 없고, 멀쩡하고 순수하고 똑똑한 겁니다. 우리가 선의로 벌이는 일을 잘못되게 만드는 건 악마였습니다. 모든 인간의 자존감이 천 배 늘어났고, 악마를 제외하고 누구도 망신을 당하지 않았습니다.

모든 나라의 정치인들이 전부 마이크로 달려가 자신은 악마에 반대한다고 선언했습니다. 모든 사설은 용감한 자세를 취하며 악마에 맞섰습니다. 악마 편에 서는 사람은 아무도 없었죠.

유엔에서는 작은 나라들이 결의안을 냈습니다. 대국들이 사실은 다정한 어린이와 같은 마음을 가지고 있으니 모두 손을 잡고 그들의 유일한 적인 악마를 지구상에서 영원히 쫓아내라는 취지의 내용이었습니다.

파인의 발표가 있고 나서 여러 달 동안, 신문 1면을 차지하려면 할머니를 삶아 죽이거나 고아원에서 큰 도끼를 들고 잔혹한 난동을 벌여야 할 정도였습니다. 모든 뉴스가 아마겟돈에 관한 것이었습니다. 버디그리에서 벌어지는 일들에 대한 기발한 기사로 독자들을 즐겁게 하던 사람들은 하룻밤 사이에 인도 브라트퍼 지방의 악마 징, 부츠 밑창에 붙은 십자가의 효험, 악마 숭배 의식, 그와 관련된 민담에 대한 진지한 전문가가 되었습니다. 유엔, 관공서, 파인 연구소로 편지가 쏟아져 크리스마스 때와 같은 우편 대란이 일었습니다. 사람들 대부분이 모든 일의 문제가 악마 때문이었음을 늘 알고 있었던 것만 같았습니다. 악마를 본 적 있다는 사람들이 많았고, 그들 거의 전부가 악마를 없애는 훌륭한 방법을 알고 있었습니다.

이 모든 게 미친 짓이라고 생각하는 사람들은 생일 파티에 온 상조보험 영업사원 같은 위치가 되었고, 그들 대부분은 어깨를 한 번 으쓱한 뒤 입을 닫고 있었습니다. 입을 닫지 않는 사람들 역시 어차피 눈에 띄지도 못했습니다.

의심을 품었던 사람 중 하나가 고먼 타벨 박사님이었습니다. 그분은 유감스러워하며 말했어요. "맙소사. 이 실험으로 입증해낸 게 뭔지 아직 모른다고. 겨우 시작에 불과했어. 우리가 악마를 상대하고 있는지 아닌지조차 몇 년은 지나야 알 수 있다고. 파인이 사람들을 부추기는 바람에, 이제 장비 몇 개만 돌리면 지구가 다시 에덴동산이 될 것처럼 생각하게 되어버렸다네." 아무도 귀를 기울이지 않았습니다.

어차피 파산한 파인은 연구소를 유엔에 넘겼고, 유엔 악마학 수사 위원회인 UNDICO가 생겼습니다. 타벨 박사님과 저는 위원회의 미국 대표가 되었고, 첫 모임이 버디그리에서 열렸습니다. 제가 의장으로 선출되었고, 예상하셨겠지만, 제 이름 때문에 의장을 맡기에 완벽한 사람이라는 썰렁한 농담의 주인공이 되어야 했습니다.

위원회는 큰 기대를 받는 데서 나아가 압박까지 받는데도 실제로 사용할 수 있는 지식은 너무 적어 아주 우울한 상태였습니다. 전 세계의 사람들이 저희에게 부여한 역할은 정신병을 막는 게 아니라 악마를 제거하는 것이었습니다. 그러나 저희는 엄청난 부담을 받아가며 조금씩 계획을 짰습니다. 대부분은 타벨 박사님이 한 것이었죠.

"우린 아무것도 보장할 수 없네." 박사님이 말했습니다. "할 수 있는 거라곤 이 기회를 이용해 전 세계적 규모로 실험을 하는 것뿐이야. 이 모든 게 가정에 불과하니, 몇 가지 더 가정한다고 잘못될 일은 없겠지. 악마가 전염병과 비슷하다고 가정하고, 그런 식으로 접근해보는 거야. 악마가 그 어디에서도, 그 누구에게서도 편안한 곳을 찾을 수 없게 만든다면, 사라지거나 죽거나 다른 행성으로 가거나 할지 몰라. 악마가 어떻게 행동하는지 모르겠지만 말이야. 만약 악마가 있을 경우의 이야기지만."

저희는 전 세계 규모의 사람들에게 전기 헤드셋을 장착하려면 이백억 달러 정도가 들 것이고, 건전지 값으로 매년 칠백억 달러가 추가로 들 것이라 예상했습니다. 현대의 전쟁을 생각하면 적당한 가격이었습니다. 하지만 서로 죽이는 일이 아니라면 사람들은 그 정도의 돈을 쓰려 하지 않는다는 사실을 저희는 곧 알게 되었습니다.

그러자 바벨탑 기술이 더 실용적인 것으로 보이게 되었습니다. 말은 쉬운 법이니까요. 그리하여 UNDICO의 첫 제안은 전 세계에 센터를 세우고, 모든 사람들에게 각 지역별로 전통적인 강제의 수단을 동원해서—쉽게 한푼 쥐여주거나, 총검을 쓰거나, 지옥에 떨어질지 모른다고 겁을 주거나—정기적으로 센터로 오게 만들어, 어린 시절과 섹스에 대한 짐을 내려놓게 하자는 것이었습니다.

UNDICO가 효율적으로 악마를 쫓을 거라는 이 첫 신호탄, 이 첫 제안에 대한 반응 가운데, 열광의 물결 밑에 깊이 깔린 불편함이 드러났습니다. 많은 지도자들이 말을 얼버무리며 애매한 표현으로 어정쩡하게 반대 의사를 밝혔습니다. "우리의 선조들이 불굴의 희생으로 지켜온 위대한 국가적 유산을 거스르는 것이……" 하는 식이었죠. 악마의 존재를 지키려는 자로 보이고 싶어할 만큼 경솔한 사람은 없었지만, 유력자들의 조심스러운 모습은 전혀 행동하지 않는 것이나 마찬가지였습니다.

처음에 타벨 박사님은 그런 반응이 공포 때문이라고 생각했습니다. 우리가 악마를 상대로 벌이려는 전쟁 때문에 악마에게 보복을 당할까봐 두려워한다고 생각한 것이죠. 그후 반대하는 사람들의 신분과 발언을 살펴볼 시간이 났을 때, 박사님은 유쾌하게 말했습니다. "이것 좀 보게, 그들은 우리가 성공할지도 모른다고 생각하는군. 만약 악마가 대체로 서민층에게 있는 게 아니라면, 자신들이 더이상 개잡이꾼 놀음을 못하게 될까봐 잔뜩 겁에 질려 있는 거야."

하지만 제가 말씀드렸듯이, 저희가 조금이라도 세상을 바꿀 수 있을 확률은 1조분의 1 정도 같았습니다. 어느 사고와 반대 기류 덕택에, 그 확률은 곧 1만자秭분의 1로 뚝 떨어졌죠.

위원회의 첫 제안 직후 사고가 터졌습니다. "악마를 쉽고 빠르게 없앨 수 있는 방법은 어떤 바보라도 알고 있죠." 유엔총회 중에 미국 대표 하나가 다른 대표에게 속삭였습니다. "일도 아니죠. 크렘린 본부에 있는 악마를 지옥으로 날려버리면 되니까." 자기 앞의 마이크가 꺼져 있을 거라는 그의 생각은 큰 착각이었습니다.

그 말은 방송 설비를 타고 전해져 열네 개 언어로 충실히 통역되었습니다. 러시아 대표단은 나가버렸고, 본국에 전보를 쳐 적합한 대응을 해달라고 요청했습니다. 두 시간 후 그들은 성명문을 가지고 돌아왔죠.

"소비에트 사회주의 공화국 연방의 인민들은 UNDICO가 미합중국 내의 일을 다루므로 이에 대한 모든 지원을 철회하는 바이다. 러시아의 과학자들은 파인 연구소가 미합중국 전역에 퍼진 악마를 찾아낸 것으로 모두 동의하고 있다. 같은 실험 기술을 사용한 결과, 과학자들은 소련 영토 내에서 악마의 행동에 대한 어떤 징후도 찾아내지 못했고, 이에 따라 이 문제를 오직 미국에 국한된 것으로 간주한다. 소련의 인민들은 미합중국의 인민들이 이 어려운 일에서 성공을 거두기를 빌며, 우호적인 국가들로 이루어진 가족의 일원이 될 자격을 어서 얻기를 바란다."

즉시 미국은, 이 나라에서 UNDICO가 무엇이라도 해낸다면 그것은 곧 러시아에 대한 프로파간다 승리를 의미할 거라고 선언했습니다. 다른 나라들도 러시아를 따라 자기 나라에는 이미 악마가 없다고 선언했습니다. UNDICO는 그렇게 끝이 났습니다. 솔직히 저는 안도했고 기뻤습니다. UNDICO가 엄청난 골칫거리처럼 되어가고 있었기 때문입니다.

파인이 완전히 파산해 버디그리에서 문을 닫을 수밖에 없었기 때문에 파인 연구소 역시 끝이 났습니다. 폐쇄가 발표되자 버디그리에서 부와 휴식을 얻었던 수백 명이 제 사무실로 몰려들었고, 저는 타벨 박사님의 연구소로 피신했습니다.

제가 들어갔을 때 그분은 뜨거운 납땜용 인두로 시가에 불을 붙이고 있었습니다. 그러고는 고개를 끄덕이며 시가 연기 사이로 눈을 찡그리고서, 실직한 악마 연구가들이 저 아래 뜰에서 웅성거리는 모습을 바라봤습니다. "우리 일을 좀 할 수 있도록 저 직원들을 없앨 때도 되었지."

"저희도 잘렸잖아요."

"당장은 돈 필요 없어." 박사님이 말했습니다. "전기가 필요해."

"그럼 서둘러야 해요. 제가 마지막으로 보낸 전기료 수표는 분명 부도가 날 테니까요. 그나저나 지금 하시는 게 뭔가요?"

그분은 높이 1.2미터, 지름 1.8미터짜리 뚜껑 달린 구리 원통에 전선을 납땜해서 연결했습니다. "통에 들어간 채 나이아가라 폭포에 떨어지는 첫 M.I.T. 졸업생이 될 생각이야. 그걸로 먹고 살 수 있을까?"

"설마요."

"참 진지한 젊은이일세. 일단 뭐라도 좀 소리 내서 읽어줘. 저기 저 책, 책갈피 보이나?"

그 책은 마법 분야의 고전인 제임스 조지 프레이저 경의 『황금가지』였습니다. 책갈피를 끼워둔 곳을 펼치니 밑줄이 그어진 부분이 있었습니다. 성세케르의 미사, 즉 악마 숭배 의식을 묘사한 부분이었습니다. 저는 소리 내어 읽었습니다.

"'성세케르의 미사는 파괴되거나 버려진 교회에서만 드릴 수 있다. 올빼미들이 어정거리고 우는 곳, 박쥐들이 어스름 속에서 나는 곳, 집시들이 밤을 보내는 곳, 훼손당한 제단 밑에서 두꺼비들이 웅크리고 있는 곳이다. 악한 사제가 밤에 그곳으로 찾아온다…… 그는 열한시의 첫 종이 울릴 때 제문을 거꾸로 읽기 시작해, 종소리가 자정을 알릴 때에 맞춰 읽기를 마친다…… 그가 축복하는 주인은 검고 세 개의 점이 있다. 그는 포도주를 성별聖別하지 않지만 세례받지 않은 갓난아기의 시체가 버려진 우물의 물을 마신다. 십자가를 그리지만 왼발로 땅에 그린다. 그리고 그가 하는 다른 많은 일들은 선한 기독교인의 관점에서 보면, 여생 동안 눈이 멀고 귀가 멀고 말을 할 수 없게 될 것들이다.' 어휴!" 제가 말했습니다.

"화재 경보가 소방차를 부르듯, 악마를 불러올 수 있다는 거야." 타벨 박사님이 말했습니다.

"설마 이게 될 거라고 생각하는 건 아니죠?"

그분은 어깨를 으쓱했습니다. "아직 안 해봤잖나." 갑자기 불이 꺼졌습니다. "전기가 끊겼군." 그분은 한숨을 쉬며 인두를 내려놓았습니다. "음, 여기서 우리가 할 수 있는 일은 더 없네. 나가서 세례받지 않은 갓난아기를 찾아보세."

"저 원통이 뭐하는 건지는 말씀 안 해주실 건가요?"

"딱 보면 뻔하잖나. 당연히 악마를 잡는 덫이지."

"그렇겠군요." 저는 머뭇거리며 미소를 짓고 원통에서 물러섰습니다. "미끼로는 데블스 푸드 케이크*를 쓰시겠네요."

"이 친구야, 파인 연구소에서 발표한 주요 이론 중 하나는 악마가 데블스 푸드 케이크에 전혀 관심이 없다는 걸세. 하지만 우리는 악마가 전기에 아주 민감하다는 확신이 있고, 전기료를 낼 수 있다면 저 원통의 벽과 뚜껑에 전기를 흘릴 수도 있을 거야. 그러니까 악마가 저 덫에 들어가면, 스위치만 켜서 잡을 수 있는 거라네. 될 수도 있어. 아무도 모르는 것 아닌가? 이런 시도를 해볼 만큼 정신 나간 사람은 없었지 않나? 하지만 먼저, 토끼 스튜 요리법이 그렇듯, 일단 토끼를 잡아야겠지."

저는 한동안 악마 연구는 그만 봤으면 좋겠다고, 이제 다른 일을 하고 싶다고 생각하고 있었습니다. 하지만 타벨 박사님의 고집에 고무되어 그분 곁에 남게 되었죠. 그분의 '지적인 장난스러움'이라는 것이 우리를 또 어디로 이끌지 보고 싶었습니다.

그리고 육 주 후 어느 밤, 타벨 박사님과 저는 구리 원통을 실

* 진한 초콜릿 케이크.

은 수레를 끌고 제 등에 짊어진 전선 꾸리를 풀어가며, 스케넥터디의 불빛이 보이는 모호크 계곡 밑 언덕을 걸었습니다.

우리와 강 사이에는 버려진 어리 운하의 일부가 있었습니다. 강에 준설된 수로에 대체되어 지금은 쓸모없어진 운하의 소금기 섞인 잔잔한 물이 보름달을 반사해 우리 눈에 비추었습니다. 그 옆에는 이젠 잊힌 물길의 바지선 선원들과 여행자들이 머물던 옛 호텔의 토대만이 남아 있었습니다.

그리고 그 토대 옆에 지붕이 없는 교회의 뼈대가 남아 있었고요.

밤하늘을 배경으로 보이는, 부패와 유령의 교구 안 낡은 첨탑의 실루엣은 꼿꼿하고 단호한 모습이었습니다. 우리가 교회에 들어갈 때 강 위쪽 어디선가 바지선을 끄는 예인선 하나가 고동을 울렸습니다. 그 소리는 계곡 안에서 울리며 장례식에 어울릴 듯한 음울한 소리로 우리에게 들려왔습니다.

올빼미 한 마리가 울었고, 박쥐 한 마리가 우리 머리 위를 맴돌았습니다. 타벨 박사님은 원통을 굴려 제단 앞으로 가져갔습니다. 저는 풀던 전선을 스위치에 연결하고, 전선을 6미터 더 풀어 스위치와 원통을 연결했습니다. 전선의 다른 쪽 끝은 언덕의 농가 전기선에 연결되어 있었습니다.

"몇시인가?" 타벨 박사님이 속삭이며 물었습니다.

"열한시 오 분 전입니다."

"좋아." 그분은 약한 목소리로 말했습니다. 우리는 둘 다 잔뜩 겁에 질려 있었죠. "내 말 듣게. 난 아무 일도 일어나지 않을 거라고 생각하지만, 만약 무슨 일이 있을 경우—우리에게 말이야—를 대비해 농가에 편지를 한 통 남겨두었네."

"저도 그랬는데요." 제가 말하며 박사님의 팔을 잡았습니다. "박사님, 그냥 없었던 일로 하면 어떨까요." 그리고 애원했습니다. "만약 정말 악마가 있다면, 그리고 우리가 계속 악마를 구석에 몰려고 한다면, 분명 우릴 덮칠 것 아닙니까. 악마가 무슨 짓을 할 지 어떻게 알아요!"

"자넨 여기 있지 않아도 돼." 타벨 박사님이 말했습니다. "내가 스위치 조작을 할 수 있을 것 같네."

"박사님, 끝까지 하실 생각이세요?"

"겁은 나지만." 박사님이 말했습니다.

저는 무겁게 한숨을 내쉬었습니다. "알겠어요. 신의 도움이 있기를. 제가 스위치를 맡을게요."

"좋아." 그분은 가냘픈 미소를 지으며 말했습니다. "보호 헤드셋을 쓰게. 시작하자고."

스케넥터디의 첨탑시계 종이 열한시를 알리기 시작했습니다.

타벨 박사님은 침을 꿀꺽 삼키더니 제단으로 다가서서, 쭈그려앉은 두꺼비를 밀쳐내고 소름 끼치는 의식을 시작했습니다.

제가 적당한 장소와 음침한 소품을 구하러 다니는 동안, 박사님은 몇 주째 본인이 해야 할 역할을 읽고 연습했습니다. 저는 세례받지 않은 갓난아기 시체가 버려진 우물을 찾지 못했지만, 가장 타락한 악마가 보기에 만족할 대체품이 되기에 충분한 물건들을 찾아낸 터였습니다.

이제 과학과 인간애의 이름으로, 타벨 박사님은 온 마음을 다해 성세케르의 미사를 진행했습니다. 겁에 질린 얼굴로, 선한 기독교인의 관점에서 본다면 눈이 멀고 귀가 멀고 말을 할 수 없게 될 만한 일들을 했습니다.

어쩐 일인지 저는 감각기관의 장애를 얻지 않았고, 스케넥터디의 시계가 열두시를 알릴 때 안도의 한숨을 내쉬었습니다.

"사탄이여, 나타나시오!" 시계 종이 울리자 타벨 박사님은 고함쳤습니다. "밤의 주인이여, 당신의 종이 말합니다. 나타나시오!"

마지막으로 시계 종이 울렸고, 타벨 박사님은 탈진해 제단에 기댔습니다. 잠시 후 그는 몸을 곧추세우고 어깨를 으쓱한 후 미소를 지었습니다. "뭐 어때." 박사님이 말했습니다. "해보기 전에는 모르는 거 아닌가." 그러고는 헤드셋을 벗었습니다.

저는 드라이버를 집어들고 연결된 전선을 해체할 준비를 했습니다. "이걸로 UNDICO랑 파인 연구소가 정말 끝난 거면 좋겠네요." 제가 말했죠.

"음, 아직 몇 가지 아이디어가 있긴 해." 타벨 박사님은 이렇게 말하고서 이내 다음 순간에 울부짖었습니다.

고개를 들고 보니 그분이 눈을 크게 뜨고 기분 나쁜 시선을 던지며 온몸을 떨고 있었습니다. 뭔가 말하려 했지만, 목을 졸리듯 꺽꺽 소리밖에 나질 않았습니다.

그리고 그 누구도 본 적 없을 가장 엄청난 싸움이 시작되었습니다. 수십 명의 예술가들이 그 장면을 그리려고 해봤지만, 타벨 박사님의 튀어나올 듯한 눈을 그려도, 얼굴을 붉게 칠해도, 울퉁불퉁한 근육을 그려도, 아무리 해도 아마겟돈의 영웅적 행동을 한 조각도 되살려낼 수 없었습니다.

그분은 털썩 무릎을 꿇은 다음, 거인이 이끄는 쇠사슬에 끌리듯 구리 원통으로 조금씩 다가갔습니다. 옷에는 땀이 배었고, 그분은 헐떡이며 끙끙거리는 게 고작이었습니다. 숨을 고르려고 몇 번이고 잠깐 멈출 때마다 보이지 않는 힘에 의해 뒤로 끌려갔습니다. 그분은 다시 무릎을 땅에 대고 일어나서 끌려간 만큼 다시 힘겹게 돌아가고 또 전진했습니다.

마침내 그분은 원통에 이르렀고, 마치 벽돌더미를 들듯 어마어마한 힘을 들여 일어서서 원통 속으로 굴러떨어졌습니다. 저는 그분이 원통 안에서 절연판을 긁는 소리를 들을 수 있었고, 그 속에서 크게 울려퍼져나오는 그분의 숨소리에 경외심이 들었습니다.

저는 깜짝 놀랐고, 본 것을 믿을 수도 이해할 수도 없었으며,

이제 어떻게 해야 할지도 몰랐습니다.

"지금이야!" 타벨 박사님이 원통 속에서 외쳤습니다. 순식간에 그분의 손이 나타나 뚜껑을 닫았고, 먼 곳에서 들리는 것처럼 약한 소리로 그분은 한번 더 외쳤습니다. "지금이야."

그제야 이해한 저는 전율하기 시작했고, 메스꺼운 기분이 휩쓸고 지나갔습니다. 그분이 제게 하라는 일이 무엇인지, 자기 안에 들어온 악마에게 사로잡히는 영혼의 마지막 조각으로 지시한 일이 무엇인지 저는 이해했습니다.

그래서 밖에서 뚜껑을 잠근 다음 스위치를 닫았습니다.

스케넥터디가 가까워서 정말 다행이었습니다. 저는 유니언대학교 전기공학과 교수에게 전화했고, 그는 사십오 분 만에 에어로크를 만들어내고 설치했습니다. 그것을 통해 공기와 음식과 물을 타벨 박사님께 드릴 수 있지만, 언제나 전기가 흘러 악마가 그분에게서 빠져나와 바깥으로 나올 수는 없는 장벽이었습니다.

악마를 상대로 거둔 비극적 승리에서 가장 가슴 아픈 점은 타벨 박사님의 정신이 악화되었다는 것입니다. 그 놀라웠던 도구는 조금도 남지 않았습니다. 대신 그분의 목소리와 몸을 이용하는 무언가가 있을 뿐입니다. 그것은 제가 타벨 박사님을 원통 안에 처넣었다는 말과 다른 여러 가혹한 거짓말을 외치며, 동정과 자유를 얻기 위해 구슬리고 노력합니다. 감히 말씀드리자면

제 역할에도 고통과 희생은 따랐습니다.

타벨 박사님의 사건에 대해서는 슬프게도 논란이 많았던데다, 이 나라는 프로파간다적인 이유에서 악마가 잡혔다고 공식적으로 인정할 수 없는 까닭에, 타벨 보호 재단은 정부의 보조금을 받지 못하고 있습니다. 악마 덫과 그 속에 든 것은 귀하와 같이 공공심 있는 개인들의 기부금을 통해 유지되고 있습니다.

재단의 지출과 예상 경비는 전 인류가 누리고 있는 가치에 비교하면 지극히 미미합니다. 우리는 반드시 필요하다 생각되는 것 외에는 조금도 시설을 손보지 않았습니다. 교회에 지붕을 씌우고 칠을 하고 절연 처리를 하고 울타리를 세웠고, 썩어가는 목재들을 튼튼한 것으로 교체했으며, 난방 시스템과 보조 발전 시스템을 설치했습니다. 이 모든 것들이 필수적이라는 점에 동의하실 겁니다.

그러나 지출에 한계를 두고 있음에도 불구하고 심한 인플레이션으로 재단 보유금이 현저히 낮아졌습니다. 시설 개선을 위해 아껴두었던 얼마 안 되는 돈마저 유지 보수에 들어가버렸습니다. 재단은 최소 인원으로 운영되어 세 명의 유급 직원을 두고 있습니다. 교대로 이십사 시간 동안 근무하며 타벨 박사님께 식사를 드리고, 재미삼아 찾아오는 사람들을 쫓고, 반드시 필요한 전기 장비를 관리합니다. 아무도 지켜보지 않는 어느 한순간에 아마겟돈의 승리가 패배로 둔갑하는, 어디에도 비할 바 없는 재앙을 막기 위해 이 직원들을 해고할 수 없습니다. 저 자신을 포함한 임원들은 무급으로 일하고 있습니다.

단순한 유지 보수 이상을 해야 하기 때문에, 우리는 새 친구들을 찾아 나서야 합니다. 바로 제가 이 편지를 드리는 이유죠. 타벨 박사님이 원통 안에서 지낸 악몽 같았던 처음 몇 달 이후, 그 공간을 넓혔습니다. 이제는 구리 벽으로 된 지름 2.4미터, 높이 1.8미터의 절연 방이 되었습니다. 하지만 타벨 박사님의 존재 중 아직 남아 있는 부분이 지내기에는 열악한 집이라는 걸 아실 겁니다. 우리는 귀하와 같은 분들의 열린 마음과 도움을 통해, 그분의 거처를 넓혀 작은 서재와 침대와 욕실을 설치할 수 있기를 바라고 있습니다. 그리고 최근의 연구에 따르면 비록 막대한 비용이 들기는 해도, 박사님께 전기가 흐르는 전망창을 달아드릴 수 있는 희망이 있다고 합니다.

그러나 얼마큼 비용이 든다 하더라도, 우리는 타벨 박사님이 우리에게 해주신 일만큼의 희생을 할 수 없습니다. 그리고 귀하와 같은 새 벗들이 충분히 기부해주신다면, 타벨 박사님의 거처를 넓혀드림과 아울러 교회 밖에 박사님께 어울릴 만한 기념비를 세울 수 있기를 바라고 있습니다. 박사님의 동상을 세우고, 그분이 악마를 완파하기 몇 시간 전에 적은 불멸의 글귀를 담고자 합니다.

"만약 내가 오늘밤 성공한다면, 인간들 사이에 더는 악마가 없게 될 것이다. 나는 그 이상은 할 수 없다. 이제는 만약 다른 사람들이 지구상에서 허영과 무지와 빈곤을 없애준다면, 인류는 영원히 행복하게 살 수 있을 것이다. 고먼 타벨 박사."

적은 액수라도 모든 기부금은 소중합니다.

존경하는 귀하께,

루시퍼 J. 메피스토 박사

타벨 보호 재단 이사장

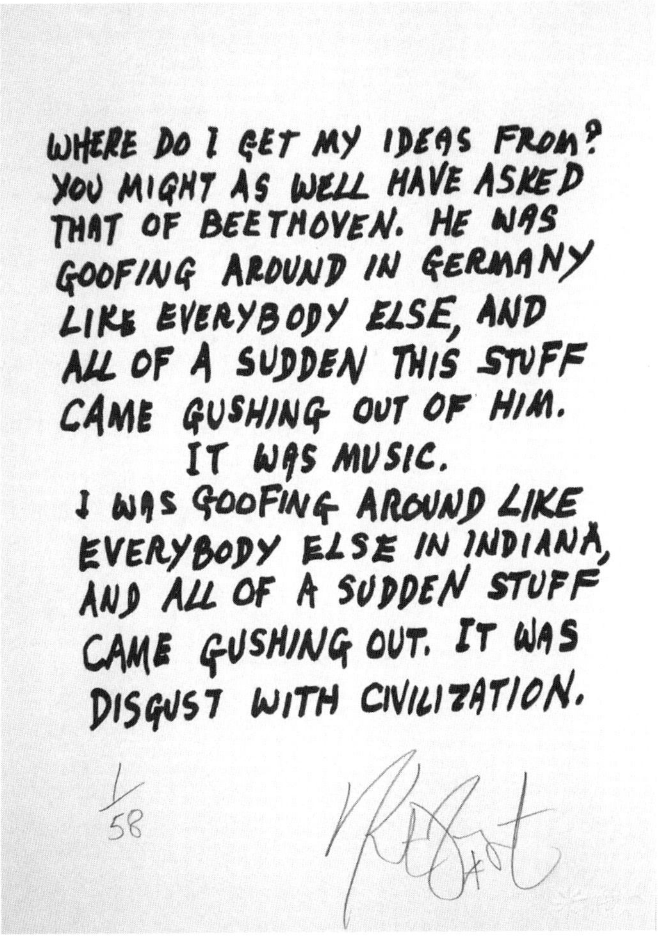
WHERE DO I GET MY IDEAS FROM? YOU MIGHT AS WELL HAVE ASKED THAT OF BEETHOVEN. HE WAS GOOFING AROUND IN GERMANY LIKE EVERYBODY ELSE, AND ALL OF A SUDDEN THIS STUFF CAME GUSHING OUT OF HIM.
IT WAS MUSIC.
I WAS GOOFING AROUND LIKE EVERYBODY ELSE IN INDIANA, AND ALL OF A SUDDEN STUFF CAME GUSHING OUT. IT WAS DISGUST WITH CIVILIZATION.

1/58

어디서 아이디어를 얻느냐고? 그 질문을 베토벤에게 해보지 그래.
베토벤은 남들처럼 독일에서 허송세월하고 있었는데,
갑자기 그에게서 무언가가 쏟아져나왔어.
음악이었지.
나는 남들처럼 인디애나에서 허송세월하고 있었는데,
갑자기 무언가가 쏟아져나왔어. 문명에 대한 넌더리였지.

커트 보니것 연보

1922년 미국 인디애나주 인디애나폴리스에서 독일계 이민자 커트 보니것 시니어와 이디스 보니것 사이의 3남매 중 막내로 태어남. 본명은 커트 보니것 주니어.

1940년 코넬대학교에 입학해 생화학을 공부함. 〈코넬 데일리 선〉 편집을 맡음.

1943년 미 육군에 입대해 육군 특별 훈련 프로그램의 일환으로 카네기공과대학과 테네시대학교에서 기계공학 교육을 받음.

1944년 어머니 이디스가 자살하고 석 달 후 유럽으로 파견됨. 벌지 전투에서 정찰병으로 적후를 살피던 중 독일군에게 포로로 잡혀 드레스덴으로 끌려감.

1945년 드레스덴 폭격에서 운좋게 살아남음. 이 경험은 이후 『제5도살장*Slaughterhouse-Five*』의 소재가 됨. 송환 후 소꿉친구인 제인 마리 콕스와 결혼함. 시카고대학교 대학원에서 인류학을 공부함.

1946년 시카고대학교에서 논문이 통과되지 않아 학위를 받지 못함.

1947년 아들 마크 출생. 뉴욕주 스케넥터디에서 제너럴 일렉트릭사의 홍보 담당자로 일함.

1949년 큰딸 이디스 출생.

1950년 첫 단편 「반하우스 효과에 대한 보고서*Report on the Barnhouse Effect*」를 비롯, 단편 몇 편을 지면에 발표함.

1951년 제너럴 일렉트릭사를 그만두고 매사추세츠주로 이사함.

1952년 『자동 피아노*Player Piano*』 출간.

1954년 작은딸 나넷 출생. 고등학교 영어 교사, 광고기획사 카피라이터, 자동차 영업사원 등의 일을 전전함.

1957년 아버지 커트 보니것 시니어 사망.

1958년 매형이 열차 사고로 사망하고 그 직후 누나마저 병으로 죽자, 누나의 세 아이를 양자로 들임.

1959년 『타이탄의 미녀*The Sirens of Titan*』 출간.

1961년 『마더 나이트*Mother Night*』 『고양이 집의 카나리아*Canary in a Cathouse*』 출간.

1963년 『고양이 요람*Cat's Cradle*』 출간.

1965년 『신의 축복이 있기를, 로즈워터 씨*God Bless You, Mr. Rosewater*』 출간.

1967년 드레스덴을 방문함.

1968년 『몽키하우스에 어서 오세요*Welcome to the Monkey House*』 출간.

1969년 『제5도살장』 출간.

1970년 하버드대학교에서 문예창작 강의를 함. 희곡 〈생일 축하해, 완다 준*Happy Birthday, Wanda June*〉이 공연됨.

1971년 시카고대학교에서 『고양이 요람』을 논문으로 인정받아 뒤늦게 석사학위를 받음. 제인과 별거하고 뉴욕으로 이사함. 이후 뉴욕에서 사진작가이자 아동소설가인 질 크레멘츠를 만남.

1972년 미국 PEN 부회장에 선출됨. 『제5도살장』이 영화화되어 그해 칸 국제영화제 심사위원상, 이듬해 휴고상 드라마틱 프리젠테이션 부문 수상.

1973년 전미예술가협회 회원으로 선출됨. 뉴욕시립대 영문학 석좌교수가 됨. 인디애나대학교에서 명예박사학위를 받음. 『챔피언들의 아침식사*Breakfast of Champions*』 출간.

1974년 에세이, 여행기 등을 모은 『웜피터, 포마 그리고 그랜펄룬*Wampeters, Foma and Granfalloons*』 출간.

1976년 『슬랩스틱*Slapstick*』 출간. 이때부터 주니어를 빼고 커트 보니것이라는 이름으로 책을 출간함.

1979년 『제일버드*Jailbird*』 출간. 제인 마리 콕스와 정식으로 이혼하고 질과 결혼함.

1980년 그림책 『해 달 별*Sun Moon Star*』 출간.

1981년 연설문, 에세이 등을 모은 『종려주일*Palm Sunday*』 출간.

1982년 『데드아이 딕*Deadeye Dick*』 출간.

1984년 자살을 시도했으나 실패함.

1985년 『갈라파고스*Galápagos*』 출간.

1987년 『푸른 수염*Bluebeard*』 출간.

1990년 『호커스 포커스*Hocus Pocus*』 출간.

1991년 에세이 『죽음보다 나쁜 운명*Fates Worse Than Death*』 출간.

1996년 『마더 나이트』가 영화화됨. 영화에 커트 보니것 본인도 카메오로 등장함.

1997년 『타임퀘이크*Timequake*』 출간. 소설가로서 은퇴를 선언함.

1998년 『챔피언들의 아침식사』가 영화화됨.

1999년 미출간 단편들을 모은 단편집 『배곰보 코담뱃갑*Bagombo Snuff Box*』, 가상 인터뷰를 모은 『신의 축복이 있기를, 닥터 키보키언*God Bless You, Dr. Kevorkian*』 출간.

2000년 집에 화재가 나 병원 치료를 받음. 뉴욕주 작가로 지명됨.

2005년 에세이 『나라 없는 사람*A Man Without a Country*』 출간.

2007년 맨해튼 자택 계단에서 굴러떨어져 머리에 큰 상처를 입고 입원, 몇 주 후 사망함.

2008년 미발표 유고집 『아마겟돈을 회상하며*Armageddon in Retrospect*』 출간.

2009년 미발표 단편집 『카메라를 보세요*Look at the Birdie*』 출간.

2011년 미발표 단편집 『세상이 잠든 동안*While Mortals Sleep*』 출간.

2012년 미발표 유고집 『멍청이의 포트폴리오*Sucker's Portfolio*』 출간.

2013년 졸업식 연설문 모음 『그래, 이 맛에 사는 거지*If This Isn't Nice, What Is?*』 출간.

도판 목록

지은이 **커트 보니것**
미국 최고의 풍자가이자 소설가, 에세이스트. 1922년 11월 11일 인디애나폴리스에서 태어났고, 2007년 4월 11일 세상을 떠났다. 1952년 첫 장편『자동 피아노』를 출간한 후『신의 축복이 있기를, 로즈워터 씨』『마더 나이트』『제5도살장』『챔피언들의 아침식사』등의 소설과 풍자적 산문집『신의 축복이 있기를, 닥터 키보키언』을 발표했다. 1997년『타임퀘이크』발표 이후 소설가로서 은퇴를 선언했고, 회고록『나라 없는 사람』을 남겼다.

옮긴이 **이원열**
전문 번역가 겸 뮤지션.『세상이 잠든 동안』, '헝거 게임' 시리즈,『슈트케이스 속의 소년』을 비롯한 '니나 보르' 시리즈,『책 사냥꾼의 죽음』을 비롯한 '클리프 제인웨이' 시리즈, '스콧 필그림' 시리즈와『그 남자의 고양이』『요리사가 너무 많다』등의 책을 옮겼다. 로큰롤 밴드 '원 트릭 포니스(One Trick Ponies)'의 리드싱어 겸 송라이터로 활동하고 있다.

문학동네 세계문학
아마겟돈을 회상하며

1판 1쇄 2019년 9월 2일 | 1판 2쇄 2019년 10월 7일

지은이 커트 보니것 | 옮긴이 이원열 | 펴낸이 염현숙

책임편집 박인숙 | 편집 홍유진 고선향 이현정
디자인 이효진 이원경 | 저작권 한문숙 김지영
마케팅 정민호 정진아 함유지 김혜연 박지영 김수현
홍보 김희숙 김상만 오혜림 지문희 우상희
제작 강신은 김동욱 임현식 | 제작처 한영문화사(인쇄) 경일제책사(제본)

펴낸곳 (주)문학동네
출판등록 1993년 10월 22일 제406-2003-000045호
주소 10881 경기도 파주시 회동길 210
전자우편 editor@munhak.com | 대표전화 031) 955-8888 | 팩스 031) 955-8855
문의전화 031) 955-3576(마케팅) 031) 955-2699(편집)
문학동네카페 http://cafe.naver.com/mhdn | 트위터 @munhakdongne
북클럽문학동네 http://bookclubmunhak.com

ISBN 978-89-546-5710-5 03840

www.munhak.com